Merci de rendre à C.R.

Si tu ne m'aimes pas, je t'aime

Du même auteur

(Catherine Laborde)

Des sœurs, des mères et des enfants (avec Françoise Laborde), Lattès, 1997.
Le mauvais temps n'existe pas, Éditions du Rocher, 2005.
La douce joie d'être trompée, Éditions Anne Carrière, 2007.
Maria Del Pilar, Éditions Anne Carrière, 2009.

(Thomas Stern)

Thésée ou la puissance du spectre, Seghers, 1981.

Catherine Laborde
Thomas Stern

Si tu ne m'aimes pas, je t'aime

Flammarion

ISBN : 978-2-0812-3347-8

Un individu moderne à peu près normal, c'est-à-dire un être qui n'investit pas des quantités pathologiques d'énergie dans son enkystement personnel, a des forces disponibles pour créer des liens. [...] L'amour moderne n'est rien d'autre que l'activité de la valence libre.

PETER SLOTERDIJK

PROLOGUE

LUI

C'est quoi une histoire d'amour ? Une histoire qui demande – comme toutes les histoires – un début et une fin. Le début s'appelle rencontre, et la fin, séparation, rupture.

Les amants – tant qu'ils sont unis – savent qu'ils sont dans une histoire. Mais ils refusent, de toute la force de leur amour, qu'elle les conduise vers un point final.

Vivre une histoire d'amour, c'est se contaminer l'un l'autre du virus de l'éternité, refuser qu'il y ait un commencement et un terme alors que chaque jour qui passe démontre le contraire.

Quand ça commence, une histoire d'amour, ça a déjà commencé bien avant, ça a toujours été là, on ne sait ni pourquoi ni comment.

Quelque démenti qu'infligent le lieu et la date de la rencontre, on ne se trouve pas : on se retrouve, on se souvient. Confuse réminiscence, vertige platonicien : soupçonner dans ce qui se passe quelque chose qui a déjà eu lieu et qui ne peut pas, ne doit pas, ne va pas finir.

« C'est pour ça qu'on écrit, dit-elle, pour échapper à la fin de l'histoire, pour habiter l'éternité, pour la voir, la dessiner, l'atteindre. Reste près de moi. »

Pourquoi est-ce qu'on ne se quitte pas ? lui demande-t-il. Pourquoi n'y est-on jamais arrivé ? Ce n'est pas faute d'avoir essayé, de toutes les manières possibles. Notre ritournelle à nous, le refrain de notre chanson d'amour, c'est : « Je t'aime donc je te quitte donc je te retrouve donc etc. »

À peine nous sommes-nous rencontrés, il y a quinze ans, que nous commencions déjà à rompre : ruptures microscopiques liées à des scènes, des brouilles, des bouderies, facilitées par le fait que, à Paris, nous vivions chacun sur une des rives de la Seine, toi gauche, moi droite.

Elle

Tu demandes pourquoi on ne se quitte pas ? Mais on s'est quittés, mon amour, pour de bon, plusieurs fois. Surtout moi. Et sans présumer qu'on se retrouverait. Surtout toi.

Le lien entre rupture et réconciliation s'établit après coup, quand on se retrouve. Mais chaque fois qu'on s'est quittés, j'ai pensé que c'était pour toujours. Toi, non. Et en vérité, tu n'as jamais pris la peine de me quitter. Tu m'as toujours laissée mettre en scène la rupture : monologues, pleurs, claquements de portes… Tu t'en fous. À ce moment-là, tu es ailleurs, dans une autre histoire, fasciné par une autre silhouette, une autre voix, une autre odeur.

C'est moi qui te quitte, mais c'est toi qui ne m'aimes plus.

Lui

Ruptures amplifiées par notre étrange intimité, que mon infidélité chronique – je ne dirai rien de la tienne car tu es, sur ce sujet, très discrète – et l'art que j'ai trouvé de t'en faire jouir et trembler, rend chaque jour plus incertaine.

Rupture consommée quand j'en ai épousé une autre – pour de vrai ou de rire va savoir – après qu'elle m'eut fait un enfant, comme une jeune Africaine le fait à un vieil Européen, c'est-à-dire dans le dos.

Et de petites en grandes ruptures, nous ne nous sommes donc jamais quittés.

— À la fin du livre, qui sait ? dit-elle.

Mais d'où tirons-nous la puissance élastique qui nous lie sans se rompre ? poursuit-il sans répondre. Je n'en sais rien. J'écoute de décrochages en raccrochages, de départs en retours, se chuchoter comme une prière de mécréant le mot « toujours ».

Vestale du toujours-là, tu l'es depuis vingt ans, pas seulement pour moi, mais à l'antenne, sur une chaîne à grande audience, pour des millions d'autres. Tu leur montres, dans un rite presque immuable, non le temps qui passe mais celui qu'il va faire. Un problème qui peut sembler mineur (sauf dans les zones exposées aux cyclones fréquents) mais qui nous concerne tous. Parce qu'avant de nous pencher sur la faim dans le monde, les conséquences du réchauffement climatique, les ravages du stress, les risques liés à l'obésité, le prix du brut, le sens de la vie sur terre, les preuves de l'existence ou pas de Dieu ou le fonctionnement des sex-toys, il nous faut, nous autres urbains vivant sous des cieux changeants (pour ne rien dire des pêcheurs et agriculteurs, adeptes forcés du grand air) résoudre une énigme : aujourd'hui je mets quoi ? Une chemise, une veste, un ciré, une écharpe, un bonnet, un anorak, un short ? De la réponse à cette question dépend que le ciel du jour nous soit clément ou hostile.

Comme toutes les prêtresses, tu as des ennemis dans le temple et hors du temple, mais aussi et surtout des fidèles. Et ils sont suffisamment nombreux pour que tu sois encore là. Eux aussi vivent au contact de ton image une histoire d'amour-toujours ; et sans doute, comme moi, vieillissent-ils avec toi.

Qu'est-ce qui ne change pas en toi ?

Si l'on mettait bout à bout en prélevant à chaque fois quelques images cadrées à l'identique (à la manière d'Andy Warhol) tes nombreuses prestations, on verrait le temps passer, sauf sur ta voix et ton sourire, et revenir, comme reviennent les moineaux quand ils ont cessé d'avoir peur, ta grâce primesautière. Il y en a qui adorent, d'autres que ça insupporte, ta grâce primesautière.

— Je sais ce qui ne change pas en moi, dit-elle : la stupéfaction. D'année en année, de mois en mois, de jour en jour, d'heure en heure, de minute en minute, de seconde en seconde, la stupéfaction ne me lâche pas. Et je ne sais toujours pas ce qui me stupéfie à ce point : si c'est que tu existes, ou plutôt si c'est ton amour pour moi. Oui, c'est ça : je suis stupéfaite que tu existes et stupéfaite que tu m'aimes. Parce que je reste persuadée que nous n'étions pas faits pour nous rencontrer. Pas assez belle, pas assez mondaine pour toi ; trop snob, trop individualiste pour moi. Je n'en reviens pas : tu existes, tu es vivant.

Et peut-être, poursuit-elle, les textes qui vont suivre, nous aideront-ils à comprendre, à déchiffrer le mystère amoureux, et pas seulement le nôtre. Peut-être, en mettant par écrit notre histoire, de notre rencontre jusqu'à aujourd'hui, aurons-nous trouvé, tels des alchimistes modernes, ce passage toujours recherché, jamais découvert, qui transforme le plomb en or : l'or de l'amour contre le plomb du quotidien.

— Pourquoi pas, sourit-il. Mais j'en doute. Je ne crois pas aux histoires d'amour qui construisent quelque chose.

La nôtre n'a rien construit, hormis les pages qui vont suivre.

Elle

Si, notre histoire a déjà construit un livre : c'est *La douce joie d'être trompée*, paru voilà trois ans. Je l'ai écrit pour ça, pour que l'histoire ne s'arrête pas. Par orgueil aussi, parce que tu as beau dire, je ne trouve pas que notre histoire ressemble à toutes les histoires de couple.

Aujourd'hui, on tente d'écrire ensemble. Et en nous racontant. Ce n'est plus un essai, c'est un récit. À deux. Et j'ai peur. Nous sommes si innocents, si roués, si fragiles. Faudra-t-il tout dire ? Où nous mènera-t-il, ce livre ? Et qu'aurons-nous trouvé quand il sera fini ? L'histoire continue, notre histoire. Le mot « fin » attendra.

Chapitre 1

LA RENCONTRE

1

Lui

Je roule dans une grosse Mercedes noire de location vers l'Eure-et-Loir. Je suis invité à un mariage par des amis cinéastes de gauche. Ils sont très fiers d'avoir Samy Frey pour témoin – il a joué dans un de leurs films – et m'ont annoncé qu'il serait là. Samy Frey est – je le découvrirai sur place – lui aussi très fier d'être Samy Frey.

Et moi, je ne suis pas mécontent d'être moi, au fond. Confortablement installé au volant de ma grosse Mercedes noire de location, je nargue mollement les limitations de vitesse – les radars n'ont pas encore été installés partout – en écoutant en boucle *Assassin of Love* de Willy DeVille dont j'idolâtre la voix nasillarde de tombeur gomineux et me demande à chacun de ses trémolos si je suis l'assassin ou l'assassiné de l'amour.

2

ELLE

La première fois que je le vois, c'est à la campagne, dans une belle propriété, pour un mariage d'amis.

Je suis venue malgré moi. Je ne voulais pas y aller. L'homme que j'aime ne donne plus de nouvelles depuis des semaines. Plongée dans la tristesse, je mets toute mon énergie à la masquer. Aujourd'hui, je ne peux pas. Mes amis sont là pour nous emmener les filles et moi, ils ont loué exprès une voiture. Je sais, j'avais promis d'aller à ce mariage, oui, c'est vrai, il fait beau, mais je m'en fous, je n'ai plus de courage, non, même pas celui de monter dans une voiture, aucune force, aucune envie, rien.

C'est comme ça que, peu à peu, je me laisse convaincre. Par manque de résistance. Je m'enferme dans la salle de bains. La glace me renvoie l'image pitoyable de la tristesse et de l'abandon. Je suis habillée n'importe comment, je ne me suis pas lavé les cheveux, j'ai trop maquillé mes yeux, ma bouche est gonflée de chagrin. Mais pourquoi j'y vais, pourquoi, encore une fois, laissez-moi, je vous assure, je suis moche, vieille, je veux rester seule, emmenez les enfants, ne vous inquiétez pas pour moi, ça va, j'ai juste besoin de silence. J'ai ouvert la porte de la salle de bains, on me prend la main, les filles sautent de joie, je suis embarquée.

Il y a du soleil, on roule dans la campagne ordonnée des résidences secondaires. On se gare sur le bas-côté d'une route où sont déjà alignées beaucoup de voitures. Un haut mur cache la propriété où la fête se déroule. Une petite porte en bois s'ouvre et nous sommes projetés sur une grande pelouse au bout de laquelle des gens nous regardent s'avancer vers eux.

Ils rient, ils parlent fort. Ils ont tous un verre de champagne à la main. On m'en donne un. Le soleil fait cligner les yeux. Mes filles ont couru vers d'autres enfants. Je reconnais quelques visages. Il est le seul du groupe que je ne connais pas. Mes filles reviennent vers moi en gambadant, enivrées par l'immense espace vert. On nous présente, il m'a à peine regardée.

3

Lui

J'ai quarante-huit ans, j'en fais presque dix de moins, je suis blond roux, je dissimule une calvitie inéluctable sous une coupe en brosse courte que complète une barbe mal rasée sans cesse renaissante, je n'ai pas de bide, je nage beaucoup.

Je vis seul dans un très bel appartement dix-huitième doté d'une impressionnante hauteur sous plafond au centre de Paris, j'y reçois ma fille Sarah, neuf ans – dont j'ai quitté la mère il y a plus de quatre ans – tous les mercredis et un week-end sur deux.

J'ai des amis publicitaires, artistes, intellectuels, qui ont des maisons dans le Luberon, sur le Bassin, ou en Corse, et je possède un abonnement Taxi Classe Affaire dont j'use et abuse. Je gagne plus que bien ma vie comme directeur de création d'une importante agence de publicité américaine.

J'ai également un chat, un oriental noir, gracieux comme une ombre chinoise, qu'une amie m'a offert et que j'ai baptisé Félix en hommage à Félix le Chat, personnage de dessin animé dont j'enviais, enfant, la chance qu'il avait de transformer philosophiquement sa queue en point d'interrogation.

Je me suis auparavant construit chez Publicis une réputation de créatif de talent et aussi de bon coup, en bondissant systématiquement sur toutes celles qui, des réceptionnistes du rez-de-chaussée aux directrices commerciales du quatrième étage, le voulaient bien ; le cinquième étage, celui de la direction suprême, restant – à l'exception d'Elisabeth Badinter – essentiellement masculin.

4

ELLE

Il s'adresse aux autres, tout le monde s'esclaffe, il parle beaucoup, ses mains virevoltent, il porte un T-shirt blanc sous sa chemise, je vois le battement du sang à son cou, juste à la limite de la peau et du tissu, les autres sont partis, on est seuls tous les deux.

— Vous savez où je peux jeter mon chewing-gum ?

Il le tient au bout des doigts, il voudrait me l'offrir.

— Je ne sais pas, et je ne sais pas non plus où sont les cabinets.

J'ai tourné les talons d'un coup. Je le laisse avec son chewing-gum dans la main. Ah ! Le plouc ! Le vaniteux ! Le pas drôle ! Je ne sais pas vers où me diriger, je ne vois plus les enfants ni mes amis, je sens qu'il me regarde m'éloigner ; d'un pas assuré, je vais tout droit vers la maison que je ne connais pas. Je n'ose pas entrer, je la contourne, il n'y a plus d'allée, plus de chemin, plus de pelouse, seulement des hautes herbes où je me tords les pieds. Mais qu'est-ce que je fais là, il faut que je revienne, les herbes m'empêchent de courir, la maison est plus longue que je ne croyais, je veux retourner sur la pelouse. Il y a des ronces, des orties, je suis sûre qu'il y a des serpents ! Je cours, je saute, ça y est, je suis revenue sur la pelouse. Et lui, il est toujours là. Je le vois. Il me voit. Ne pas lui laisser le temps de m'adresser un sourire. Je saisis un canapé sur un plateau et m'esquive. Il est idiot ce type.

5

LUI

Abandonné au milieu du gazon, un verre de champagne à la main, je me plonge dans mes pensées : Qu'est-ce qu'un bon coup ? C'est avant tout une réputation que les femmes vous font, une idée qu'elles ont de vous entre elles. Les *Deux Courtisanes* assises de Vittore Carpaccio, avant que l'artiste ne les fige dans la réserve hautaine de leur silence parallèle, l'une, celle du fond, les jambes légèrement ouvertes sous la lourde robe, ne pensant à rien, l'autre taquinant un chien, papotaient sans doute en ces termes :

— Ah oui, Untel ? Il paraît que c'est un très bon coup.

— C'est ce qu'on m'a dit, oui.

Quand cette réputation vous précède, les femmes sont à votre endroit soit franchement méfiantes :

— Ce connard de pseudo-bon coup ne s'imagine tout de même pas qu'il va me sauter.

Soit favorablement inclinées.

Au minimum :

— Je voudrais bien savoir si c'est un aussi bon coup qu'on le dit.

Au maximum :

— Qu'il est charmant, je crois que nous sommes faits l'un pour l'autre.

Être un bon coup, c'est confirmer par des actes une rumeur qui vous devance et qui se confirme, femme après femme. Et si le bon coup peut – tant qu'il le reste – confirmer, c'est justement parce que cette rumeur favorable le porte, l'encourage à l'audace, le soutient dans l'assaut.

Le bon coup écoute bruire le désir des femmes. Il ne se contente jamais de son propre désir, comme n'importe quel coup, il désire leur désir, il est désir du désir de toutes. Il sait le faire naître et le faire fonctionner patiemment. Il connaît la vertu principale de son savoir-faire : le don de se propager. D'autres viendront dans son lit qu'une amie aura prévenues, peut-être même mises en garde. Qu'importe ! Tant que ça se sait, c'est bon pour le bon coup.

En fait il y a assez peu de bons coups. Ceux qu'on appelait autrefois les « hommes à femmes » ne sont pas légion : les hommes dans l'ensemble ont d'autres chats à fouetter que le désir des femmes.

Je n'ai pas toujours été un bon coup, tant s'en faut, car comme aurait dû le dire Simone de Beauvoir, on ne naît pas bon coup, on le devient.

J'en avais entrevu la possibilité bien avant que ne commence ma vie sexuelle et sentimentale adulte, quand j'avais une dizaine d'années. Je fouinais avec la sagacité des enfants dans les étagères secrètes de mon oncle, libraire d'occasion spécialisé dans l'histoire du mouvement ouvrier.

J'étais tombé sur « Les Onze Mille Verges » d'Apollinaire dont le goût poétique et sarcastique qui s'y trouve de mêler sexe et horreur enflamma longtemps ma curiosité. (Je pense à la partouze avec éventration dans une cabine sleeping de l'Orient-Express dont on retrouvera trace dans le film *C'est arrivé près de chez vous*.)

J'avais également découvert un manuscrit dactylographié accompagné de dessins à la plume pornographiques traités avec un réalisme stylisé, enjoliveur et cochon. On y voyait s'ébattre une communauté d'hommes et de femmes. Ils se fouettaient à tour de rôle avec volupté, s'adonnaient en couple ou en groupe à des plaisirs bestiaux et brutaux dont je décidais, saisi d'une fiévreuse prescience, qu'ils étaient pour le restant de mes jours le but à atteindre.

J'avais compris – bien avant que ma vie amoureuse en me contraignant à pactiser avec le désir des autres ne jette sur cette évidence un voile confus – que la sexualité de chacun est une curiosité, non seulement au sens d'un intérêt vivace mais aussi d'une bizarrerie.

Est-ce bien le moment de se laisser aller à de telles pensées ? Une petite fille interrompt mon monologue intérieur en me donnant un ruban bleu. Passons à table et vive la mariée !

6

Elle

S'organise un jeu un peu bête de couleurs de rubans qu'on tire au sort. Selon la couleur, on est à une table ou à une autre. Mes amis trichent pour nous installer côte à côte, lui et moi. Mais de quoi se mêlent-ils ? Nous voilà assis l'un près de l'autre, il bavarde avec tout le monde, se retourne de temps en temps, me regarde, sourit. Je demande par politesse le nom d'une femme dont il parle, quelqu'un dit que je suis déjà jalouse, je suis toute rouge.

Il dit qu'il doit partir, on l'attend pour l'anniversaire de sa fille. Les miennes vont, viennent, circulent entre les tables, réclament un baiser, un regard. L'ambiance est très gaie. Je n'ai pas envie que ça s'arrête. Il me laisse sa carte. Geste machinal, sans doute, et prétentieux ; il doit laisser sa carte à toutes les femmes qu'il croise. Ça m'étonnerait qu'il s'intéresse à une femme entourée d'enfants. Il s'est levé. Il se penche vers moi. Il dit à mi-voix :

— Vous voulez bien me donner votre numéro de téléphone ? Je suis sûr que vous êtes du genre à ne pas appeler.

On a rassemblé les enfants. On s'est entassés tous dans la voiture. Je suis pressée de partir. Sur la route ensoleillée bordée de platanes, il nous double avec sa grosse Mercedes noire. Je m'en souviens bien.

7

Lui

Me voilà reparti dans l'autre sens. Pour la frimer un peu, je double en la saluant d'un bras levé, cette Catherine Laborde dont chacun s'est étonné que je ne la connaisse pas. Je regarde peu la télé. Je l'ai trouvée charmante, fine, attirante. Elle a une bouche ibérique. À table, elle laissait mon bras toucher légèrement le sien quand elle riait. Ça devrait pouvoir se faire.

Je remets *Assassin of Love* en boucle et reprends ma méditation sur le bon coup à travers les âges.

Peut-on être à la fois un bon coup et un sentimental ?

Un bon coup ça peut être poli et délicat, parfois même attentionné dans l'art de conclure une historiette, avec un bouquet de fleurs de chez Mulliez, (ou Monceau Fleurs s'il est plus radin), mais ce n'est pas un époux, un amant de cœur, un compagnon, un mari, ou toute autre figure recensée de la carte du tendre. Un bon coup, ça n'est pas tendre. C'est cru, prosaïque, féroce, brutal, cynique, ça se met comme tel sur le marché, sans équivoque ni ambiguïté.

J'ai un ami bien meilleur coup que moi. Je l'ai baptisé Stanley Lubrick, tant il me donne l'impression de mettre en scène sa vie comme un gigantesque film pornographique d'où toute sentimentalité est d'autant plus exclue que les figurantes s'y comptent par milliers.

J'ai vu Stan à l'œuvre récemment, au cours d'une soirée intime, organisée chez lui où nous étions l'un et l'autre venus avec une copine consentante. Je confirme : bon coup irréprochable, grand beau mec, comme moi coupé en brosse mais lui sans trace de calvitie, très entretenu physiquement, manucuré des mains et des pieds, poli, calme et prévenant dans l'action, aucune hâte ni faute de goût.

Tout est parfait dans sa garçonnière de la rue du Bac, bel appartement de mousquetaire donnant sur une cour arborée, à l'exception du linoléum gravé façon tomettes de la kitchenette, la cuisine ne l'intéresse pas. Au milieu d'une pièce, sur un plancher délavé, une estrade où trône une grande baignoire force mon admiration.

Comme m'impressionnera favorablement l'élégante chemise blanche, descendant à mi-cuisse, qu'il porte col ouvert et relevé pendant qu'il baise ma copine, détail vestimentaire qui donne à toute la scène l'aspect d'une gravure galante du XVIIIe siècle. J'échappe ainsi à l'impression de jouer dans « Le camping s'amuse », impression qui s'abat sur moi chaque fois que je suis confronté dans l'échangisme à la nudité collective intégrale.

8

ELLE

Le surlendemain, 10 heures du matin, je me suis recouchée après avoir déposé les filles à l'école. Je suis entre rêve et veille. La sonnerie du téléphone éclate, tonitruante. Je décroche à tâtons.

— Ce n'est pas trop rapide ? Quarante-huit heures, ça va ?

Sa voix. Sa voix grave et légère qui enchaîne les mots, aussi virevoltante que ses mains l'avant-veille. Je la reconnais. Elle était dans mon rêve, il y a quelques instants à peine. Il parle, je ris. Je suis douce, je m'abandonne. Le rêve continue. Vertige de mots, gloussements, nous sommes seuls à nous entendre. Plus tard, j'ouvre la porte qui donne sur la rue. Le froid, le bruit de la ville, les passants. La porte claque derrière moi. Je m'arrête sur le trottoir.

Voilà, je suis amoureuse.

C'est mal barré.

9

Lui

Ah oui, c'est bien elle, incroyable, elle passe vraiment à la télé, juste après le 20 Heures de Poivre d'Arvor. Mais pourquoi met-il tous ses cheveux devant ? J'ai compris : c'est Monsieur De Face, il ne présente jamais le journal de dos.

Viens voir, Félix, viens mon chat, viens voir la télé, arrête de t'asseoir sur ma figure, regarde la télé, de l'autre côté, la madame météo avec son tailleur blanc et sa bouche ibérique, je la connais, si tu es gentil, je te la présenterai, oui, comme Victoria, comme Annie, comme Marie-Laure. On va faire les trucs qui te font ronronner, tu sais, tu sais que tu es vraiment un chat un chaminou toi, oh le chaminouminouminou, c'est quoi son téléphone déjà ?

10

ELLE

Après, ensuite, pendant plusieurs semaines, il m'appelle de temps en temps, plutôt le soir. Il est à l'affût, il n'attaque pas, il tourne, il rôde. Il appelle ça « la stratégie du requin ». On parle longtemps au téléphone. Il me fait rire, il dit tout ce qui ne se dit pas, ce qui doit rester caché, il est très intelligent, il raconte les secrets des hommes pour séduire les femmes. Je suis dans le secret. Je ris. On raccroche. Il rappelle quand il veut. Moi jamais. Lui le requin, moi la proie. Évidemment. Et le contraire. Évidemment.

11

Elle

Il m'invite à déjeuner. C'est la première fois. Agapes, préparatifs, apéritifs. La consommation l'un de l'autre remise à plus tard. Le déjeuner d'abord. Restaurant anonyme, bruyant, dans la banlieue parisienne où il travaille. Je suis la seule étrangère dans cette cantine de luxe. On dévisage la nouvelle proie. Le prédateur raconte sa recette préférée : le lapin fourré. Il décrit le vidage du lapin, la préparation de la sauce, la lenteur de la cuisson, évoque un hôtel caché, pas loin, revient au lapin. J'écoute, je regarde. Je m'étonne de ne pas m'ennuyer au récit de ses détails de recette ; ses mains miment comment vider le lapin, le retourner, le huiler, le fourrer, le ficeler, le mettre à cuire doucement ; je dis que je suis du signe du lapin dans l'astrologie chinoise ; il rit ; je sens que je rougis.

Quand je remonte dans ma voiture, je le vois dans le rétroviseur ; sous la pluie au milieu de la rue, il a relevé le col de son manteau noir, il ne bouge pas, il est très sérieux, il me regarde m'éloigner. « Cerf, cerf, ouvre-moi ou le chasseur me tuera », chante le lapin au fond de moi.

12

Lui

Qu'est-ce que j'essayais de lui dire en lui racontant, les yeux dans les yeux, une recette de lapin fourré que j'avais mise au point chez un ami, à Gordes, pour rendre hommage à la richesse en herbes de son potager provençal ?

Prenez un lapin de bonne taille, posez-le sur une planche de cuisine sur le dos. Il vous nargue un moment avec sa gueule d'écorché aux yeux exorbités et vous pensez : « ha ! ha ! Tu fais moins le malin maintenant » en lui coupant la tête d'un coup de hachoir pour qu'il devienne de la viande.

Munissez-vous d'un petit couteau que vous aiguiserez jusqu'à ce qu'il tranche comme un scalpel et, en incisant habilement les chairs, ôtez les os des pattes, de la poitrine, du dos, du cou. Du lapin il ne reste qu'une grande escalope dont les contours évoquent vaguement une forme marsupiale. Aplatissez sans retenue. Étalez alors un baume relevé d'une pointe d'ail et de piment où l'huile d'olive lie le thym frais, la sauge, la sarriette, le romarin. Roulez, ficelez, oignez à nouveau, faites cuire au four en arrosant de vin blanc. Dégustez ce moelleux délice en tranches, chacune ornée d'une spirale intérieure d'herbes odorantes : vous êtes heureux comme un lapin dans la garrigue. Vous le mangez en mangeant ce qu'il mange !

Ce que je ne lui ai pas dit concernant le lapin, mais qui ne m'a jamais quitté : j'ai cinq ans dans un village de Seine-et-Marne où mes grands-parents ont une bicoque. Je regarde un homme en bleu de paysan, veste et pantalon délavés, Gitane maïs éteinte au coin de la bouche, bottes en caoutchouc, arracher au couteau l'œil d'un lapin pendu par les pattes arrière. La pauvre bête se convulse longtemps en pissant le sang, avant que l'homme ne lui fracasse la nuque d'un coup de bâton. Puis il lui ôte d'un coup peau et fourrure, comme on retire un gant.

Je voulais lui dire qu'avant de me découvrir un sexe, je savais déjà qu'il y avait dans tout délice un fond de cruauté.

13

Elle

J'ai quitté Paris. Je suis dans un avion en Finlande. J'ai peur. C'est un petit avion. Il est midi, le ciel de décembre a la couleur d'une aube grise, la nuit repousse le jour. L'avion vrombit, monte, monte là-haut vers les énormes nuages. Des montagnes de nuages autour de nous, trop hauts pour que le petit avion puisse passer au-dessus, trop gros pour les éviter, le vent les pousse, les gonfle, le petit avion fonce vaillamment, plonge à travers les nuées opaques, surgit dans une trouée de ciel où se découpe une immense enclume noire. Les éclairs illuminent le ciel, l'avion danse dans le nuage, cet homme qui m'appelle de plus en plus va être mon homme, je le sais, je suis enivrée de peur.

De retour à Paris, la peur est toujours là.

14

Elle

Pendant plusieurs semaines, il appelle, souvent, plutôt le soir. Ça ne va pas. J'en ai assez de ces conversations téléphoniques. Je le lui dis. Je lui ordonne de venir. Il aime obéir aussi. Il vient. Nous ondulons dans les bras l'un de l'autre. La foudre traverse ma maison, ma vie.

Ma grande se réveille. Tout est bouleversé en quelques secondes, l'ordre des choses, les odeurs, les rythmes des vies, les projets, l'avenir, tout.

Elle nous regarde dans l'embrasure de la porte. Elle sait.

Lui non.

Ni moi.

15

Elle

Chez lui. Je viens pour la première fois.

Grandes fenêtres, hauts plafonds, je suis minuscule. On fait la dînette sur les genoux, on grappille dans des bols des anti-pasti italiens. On boit du vin blanc. Je me déplie un peu. Il m'entraîne sur un lit japonais très dur. On se caresse sans fin, on plonge sous les draps à la découverte l'un de l'autre.

Le téléphone sonne. Il ne se lève pas pour répondre. Sur le répondeur enregistreur, une voix de femme le réclame. Elle rappelle un peu plus tard, laisse à nouveau un message, s'impatiente. Les appels sont de plus en plus rapprochés. La voix devient sifflante, exaspérée. Où est-il, pourquoi ne rappelle-t-il pas ? Il gronde contre elle, me serre un peu plus fort, renonce, revient.

Le téléphone encore. Cette fois, une voix d'homme. Il bondit hors du lit, répond avec enjouement, m'oublie. Je vais rentrer. Il revient. Non. Reste un peu. Pas tout de suite. Pas tout de suite.

16

Lui

La deuxième fois que j'ai fait l'amour avec elle, ça a été un échec total. Pas seulement parce qu'il y avait trop de monde au téléphone.

Mais parce que je ne voulais pas que ça recommence, comme je l'avais crié d'entrée de jeu dans ses bras à mon grand étonnement, comme au sien. Que quoi recommence ? Je me souviens de son regard doucement interrogatif couleur armagnac, il cachait celui de la Gorgone amoureuse qui vous pétrifie le sexe parce qu'elle en veut la dureté pour elle seule.

Trop tard, j'étais ensorcelé.

Jusque-là, ça marchait pourtant comme sur des roulettes, ma vie de bon coup, l'insouciance me faisait bander, l'érection me rendait insouciant. Mais c'était fini.

Elle avait vu que ce serait moi et les yeux dans les yeux m'en avait convaincu, aussi débandais-je aussitôt en hurlant : « Je ne veux pas que ça recommence. »

Ça avait recommencé.

Quinze ans après, c'est encore là : j'étais redevenu l'homme d'une seule femme et je pouvais bien gigoter en tous sens (on le verra je ne m'en suis pas privé) ça ne servait à rien.

17

Elle

Je vais chercher mes filles chez l'amie à qui je les ai confiées. Alors, comment ça s'est passé ? J'éclate en sanglots. Inquiétude, sollicitude. Que s'est-il passé ? Qu'est-ce qu'il y a ? C'était pas bien ? Si, si, justement c'était très bien, il est charmant. Alors ça va. Non, ça va pas. Pas du tout. On s'aime pas. Comment ça ? Oui, on s'aime pas, il n'y a pas d'amour entre nous, il n'y a que du désir, mais pas d'amour, tu comprends ? Pas d'amour. On s'aime pas, c'est pour ça que je pleure. Elle rit.

Chapitre 2

LE SALOPEUR

18

Lui

Stan et moi devisons dans le petit bain de la piscine du *Health Club* du Ritz où nous sommes, lui et moi, abonnés ; au prix de l'abonnement, nous pourrions au moins faire quelques brasses au lieu de barboter dans le récit de nos turpitudes.

Il me confie avoir récemment séduit deux femmes qu'il a conduites saoules chez lui après une longue soirée d'approche très arrosée à la Maison du Caviar. L'une d'elles vomit dans sa baignoire de mousquetaire ses huit vodkas cerise après qu'il l'a prise, sans ménagement ni précaution. À l'aube, hagarde, elle rejoint son mari, négligeant de prendre une douche. Celui-ci l'a cherchée toute la nuit. Elle lui lâche alors, sur le ton de l'aveu, qu'elle est restée chez sa sœur pour regarder la télé. En retour, elle prend une énorme gifle.

L'anecdote laisse Stan hilare, confirmant l'un de ses credo en matière de femmes : toutes des salopes.

Stan est pour moi un exemple et un contre-exemple. Fasciné par sa liberté et dégoûté de ce qu'il en fait, je ricane un peu, nerveusement.

19

Elle

Ce que tu sais de l'obscénité sexuelle, tu le dis, tu l'énonces, moi je ne pourrais pas. Je ne pourrais rien en dire, rien écrire. Ce que je sais ne se formule pas, ne peut pas se traduire en mots. La pudeur ? Pas seulement. La confusion qui accompagne la non-formulation fait partie de mon désir. Je m'émerveille de ta capacité à tout nommer, et plus la clarté de ce que tu énonces m'éblouit, plus s'obscurcit la nuit sexuelle où je nous emporte.

20

Lui

Tapie au cœur du rêve de les avoir toutes, se terre en moi comme en Stan l'envie, aussi puissante que son émerveillement infini pour la beauté féminine, de les saloper dans un immense gâchis.

— Elles se valent toutes, surenchérit Stan.

La majeure partie de sa vie sexuelle vise à valider par des faits cette hypothèse, à le conforter dans l'idée que son indifférence amusée et féroce de salopeur est d'autant plus fondée que de longs siècles de servitude consentie ont, selon lui, sérieusement affaibli la fermeté morale des femmes.

Je n'ai quant à moi aucun avis sur la fermeté morale des femmes, et dans cette période de dévirilisation accélérée, je ne vois pas non plus trop se manifester celle des hommes.

21

ELLE

J'ai découvert les bas qui tiennent tout seuls. En toutes circonstances. Je ne les enlève jamais.

Je m'endors dans ses bras en Wolford, au petit matin, les jambes en sueur sous la couette, les Wolford tiennent toujours. Wolford. J'ai découvert ce nom en même temps que ses rites compliqués pour les choses de l'amour.

Il aime mes jambes gainées de noir. Alors, j'en porte en permanence. En apparence, je n'ai pas changé de garde-robe ; je suis toujours en jeans et talons plats. J'ai découvert la volupté des sous-vêtements. L'étage du Bon Marché consacré aux dessous féminins vient d'ouvrir. J'y fais des dépenses fastueuses, pétrie de honte, tant pour ces choix ridicules que pour leur prix exorbitant. J'ai l'impression d'enlever le pain de la bouche de mes filles. Wolford, c'est cher, très cher. Je dis, c'est tellement pratique, tellement agréable à porter, tous les avantages des collants et des bas sans les inconvénients. Je m'en fiche des avantages et des inconvénients. C'est juste pour être aimée de lui.

Plus tard, en allant voir une exposition intitulée « Picasso érotique », je vois cette même obsession du peintre pour les bas noirs qui émane des croquis de prostituées de Barcelone.

22

Lui

Ça n'est jamais vraiment « toutes des salopes ». Je veux dire qu'une telle conviction suppose toujours qu'on en excepte une. Une qui doit être préservée, sortie du lot, hissée sur ce piédestal amoureux que le salopeur s'efforce par ailleurs de dévaluer par des actions qu'il juge lui-même aussi excitantes que dégradantes. En succombant à ton appel amoureux, je ne fais pas exception. Il y aura désormais toi et celles qui ne comptent pas, ou peu, ou moins.

Quant à Stan, il voue une passion teintée d'une candeur quasi enfantine à une riche héritière, belle, mariée, et lointaine, comme tu le restes toi dans ta télé, visible, offerte et inaccessible.

23

ELLE

L'amour est là ! C'est ce que pensent et disent mes amies avec ravissement. Les larmes de mon premier rendez-vous les ont convaincues : une histoire d'amour commence. Enfin autre chose, quand il s'agit d'hommes, que les pensions pas payées, les absences du mercredi et les vacances reportées !

Mes amies, ce sont les filles du square, celles qui, comme moi, élèvent seules leurs enfants. Dans nos vies délimitées par le goûter, l'école et la cuisine, la place des amoureux est extrêmement réduite. Et celle des hommes en général aussi.

Une histoire d'amour dans ce monde féminin, c'est un cataclysme immobile. Rien n'est changé en apparence, rien, sauf le sujet de conversation. Pendant des semaines, des mois, le nouvel amoureux est décortiqué, analysé, fouillé dans les moindres recoins de l'image chimérique qu'il suscite chez l'une ou l'autre. L'histoire remplit les conversations sans que jamais on ne se lasse, et peu importe que l'amoureux disparaisse à peine il a surgi.

On en parle à longueur de journée, de sortie d'école, de goûter d'enfants.

On en parle, on ne le voit pas.

Figure fantomatique, il danse la ronde des fantasmes autour de nous. La chair, sa chair, est absente. La seule qui nous préoccupe est celle de nos enfants et, à sa suite, la ronde des boutons, allergies, maladies, et bobos innombrables. L'amoureux n'y a pas sa place.

As-tu jamais pensé, mon amour, que la folie du désir allait détruire l'amitié calme et quiète du bac à sable ? Tu envoûtes mes amies quand elles s'étonnent de la fièvre qui ne me lâche pas. Elles imaginent notre amour comme un conte de fées, elles te croient prince charmant, doux, gentil, prévenant, inoffensif, tout le contraire de ce que tu joues déjà avec moi. Et celles qui ont d'emblée deviné la folie amoureuse s'éloignent.

De nous toutes je suis la plus effrayée. Et la rupture avec elles me laisse complètement indifférente. Quelquefois, je me fais peur.

24

Lui

Pourquoi toujours chez le salopeur, le maintien, face à la crudité de la bestialité, de l'illusion sentimentale ? Pour ne pas devenir comme le Harry du *Démon* de Selby qui finit, en plongeant sans discontinuer de l'une à l'autre, par sauter en pleine nuit du pont d'un cargo dans la mer.

L'exception sentimentale que s'accorde le salopeur sert de frein, de garde-fou, à sa stratégie féroce. Cherchant la rédemption par le sexe, il pressent en effet qu'il ne peut y trouver que sa perte. Car le salopeur finit toujours par activer la mécanique mentale où désir de faire jouir et désir de meurtre coïncident, surtout s'il sait, comme un vrai assassin, ralentir les battements de son cœur et affronter d'une âme froide la chaleur des corps à corps en sueur.

Stan et moi avons rêvé d'échapper aux tourments de la vieillesse de la même manière que Harry : on se jette d'un voilier en pleine mer et on n'en parle plus.

Tomber dans la mer : tentation fréquente pour tous ceux qui sont tombés de leur mère en naissant, parce qu'ils n'ont pas été désirés. Je suis de ceux-là.

25

Elle

Je l'ai compris très vite : il a plusieurs maîtresses à la fois. Une avec laquelle il part en week-end chez ses amis. Elle est très belle, dit-il, je comprends que ça veut dire plus belle que moi.

Traîne chez lui une cravache dont il me dit qu'elle lui appartient, à elle. Je croyais, moi, que les femmes oubliaient des foulards plutôt que des fouets chez leurs amants… Elle doit ressembler à ses magnifiques jeunes femmes bottées des publicités Hermès ou Céline. À quoi jouent-ils tous les deux avec cette cravache ?

L'autre maîtresse est mariée, riche, dirige sa propre entreprise, je l'imagine forcément plus âgée que moi. Il n'est pas très amoureux d'elle. Il va avec elle à Venise. Il me dit que c'est pour le travail ; je le crois.

D'emblée, je crois tout ce que me dit cet homme. Je choisis de le croire toujours. Je ne mets jamais en doute sa parole. Peu importent ses mensonges. D'ailleurs, il n'y a pas de mensonges entre nous. Quand il parle, ce qu'il dit est vrai pour nous deux à ce moment-là.

À cet instant de notre histoire, il y a lui, moi et nos solitudes irréductibles, la mienne avec mes enfants, la sienne avec ses autres femmes, ombres indistinctes, lointaines, irréelles.

26

LUI

Et moi qui compte bien te saloper au-delà de toutes tes espérances, je veux en même temps que tu sois mon exception rédemptrice. Le jour de notre étreinte ratée, j'ai découvert, terrifié, que je t'appartenais parce que tu as vu quelque chose de moi que je ne veux montrer à personne.

Je pense, ne ris pas, que tu as vu ma mort et moi je t'ai vue me voyant mourir et nous sommes, par cette vision, entrés dans une noce où tu étais l'épouse et le témoin, ce que tu n'as, depuis, jamais cessé d'être.

Tu deviens la femme de ma vie, tu l'englobes parce qu'elle s'achèvera dans ton regard et dans tes bras, comme s'est achevée la vie de ton père, quelques années après notre rencontre. Il t'a dit : « Viens, c'est la fin », tu as sauté dans un avion, tu l'as pris dans tes bras et il t'a offert son dernier soupir.

Moi aussi je veux mourir dans tes bras. Je me le dis chaque fois que je fais une crise d'angoisse : « Merde, merde, je vais mourir et elle ne me voit pas. » Et si tu es à l'antenne, c'est encore pire : « Merde, merde, tout le monde la voit, les familles attablées, les mourants en soins palliatifs dans les hôpitaux où la télé est allumée et moi aussi je la vois parler du temps qu'il fait tandis que j'agonise. »

Ça n'est pas réciproque. Je ne souhaite pas nécessairement que tu meures dans mes bras. Non. Je meurs dans tes bras et toi tu meurs comme tu veux. Voilà pourquoi, voilà comment tu seras toujours là.

27

Elle

Ce que j'ai vu de toi que tu ne veux pas montrer ? Mais rien, je n'ai rien vu, ni de toi ni de moi. C'est même ça le plus effrayant : je ne vois plus rien. Je suis aveugle. L'amour m'a déposée sur un fil au-dessus d'un précipice, les yeux bandés, et je vais tomber. Je suis quasi muette aussi. Muette de stupeur. Et je n'entends plus rien, tout est confus dans mes oreilles, sauf ta voix. Et quand tu me parles, je ne réponds pas parce que je ne comprends pas ce que tu me dis. Je suis frappée d'idiotie.

Ne le vois-tu pas ? Es-tu fou toi aussi pour penser que, dans l'affolement de mon regard quand il croise le tien, il pourrait y avoir autre chose que la bêtise animale ? Un début de sagesse, une once de discernement ? Et auras-tu encore envie de moi longtemps si je reste prostrée dans cet effarement ?

Je suis éperdue, de vie, d'amour, de chair. Je n'ai plus le sens commun, je n'ai plus ma raison. Et quand je lis d'horribles faits divers où l'on voit des femmes douces et effacées seconder les crimes monstrueux de leurs maris, je sais que je pourrais faire comme elles si tu me le demandais. Peut-être est-ce cela que je vois que tu ne vois pas : le monstre. Ce n'est pas forcément toi, c'est peut-être moi. C'est ce qui existe entre nous. Je suis fascinée et terrifiée.

La seule part de moi qui échappe au monstre, ce sont mes filles. Près d'elles, je suis forte de vie sensée, concrète. Là où elles sont, je ne suis pas en danger.

28

Lui

Je peux fuir encore, du moins je veux le croire. Tu ne m'as pas encore totalement ensorcelé, toi, la petite-fille d'un sourcier prolétaire. Ni tes fureurs taurines de sorcière asturienne, ni tes yeux d'ambre, ni la gourmandise de ta bouche ibérique, ni tes bas noirs et tes pieds menus – pas la peine d'enlever tes escarpins c'est encore mieux avec – ni ta main que tu laisses, petite garce « toutes des salopes » traîner un peu trop longtemps dans la main de ce journaliste du Sud-Ouest aux allures de rugbyman, croisé à un cocktail – tu ne te souviens pas ? moi si – n'ont suffi encore à m'enchaîner tout à fait. Non plus que ton insatiable docilité amoureuse.

Ton image publique m'interdit ici de m'étendre. Tout le monde te connaît et te reconnaît : ah ben j'espère que vous allez nous apporter le beau temps pour çouikend ! Tu souris, un peu niaise, un peu modeste. Heureuse de pouvoir faire la pluie et le beau temps. Quoique tu saches comme tout le monde que ce pouvoir n'existe pas. Tu es douce et gentille et c'est pour ça qu'on t'aime.

Laisse-moi, si tu le permets, rendre un hommage pudique ou impudique, comme tu voudras, à ton aimable discrétion et dire quelques mots… Non ? Tu ne veux pas ? Bon. Je n'insiste pas. Tu n'es pas la plus jolie fille que j'ai tenue dans mes bras mais tu sais y créer les plus belles turbulences. Ta délicatesse goulue aspire à l'immatériel, tes caresses frôlent l'impalpable qui est l'essentiel de l'amour comme l'invisible est l'essentiel de l'art.

L'érotisme creuse un mystère que la vie ne remplit pas. Tu le sais d'instinct. Comme toutes les femmes érotiques, tu as un sens inné de la métaphysique.

Je regarde ta petite Austin se garer en bas de chez moi : je ne vois d'où je suis que tes jambes gainées de noir. Tu coupes le contact. Elles jaillissent de la portière comme les deux antennes de je ne sais quelle captivante créature. J'entends déjà ta voix cristalline enfantine comme celle de Rose Murphy, la chanteuse dont Marilyn s'est inspirée pour *My Heart Belongs to Daddy*. Quand tu es énervée, boudeuse, contrariée, tu pousses du bout des lèvres un soupir à roulette comme Rose Murphy le fait lorsqu'elle imite un téléphone occupé dans la chanson *Busy Line* (Brrrr, Brrrtr, Bizzy Line). Dans l'amour, quand tu es contente, ta voix devient grave.

Je veux bien te prêter mon sexe, mais je ne veux pas te le donner. Après je le reprends et j'en fais ce que je veux. Tu ne vas pas me le confisquer. Tu ne vas pas faire la pluie et le beau temps avec. Tu es en passe de devenir le témoin privilégié de ma vie. Mais je n'ai pas pour autant l'intention de renoncer à la vivre. Ce soir c'est toi, demain, ça sera Marie-Laure ou Victoria. Ah non, demain c'est le jour de ma fille Sarah.

29

ELLE

Pourquoi est-ce que les femmes tissent leur vie, leur imaginaire, leur futur autour de l'amour, et pas les hommes ? Pourquoi pas les hommes ? Pourquoi, eux, mettent-ils le sexe dans une perspective où l'amour n'est pas le centre ? Pourquoi cette différence de vocabulaire et de projet ? Est-ce que c'est vrai pour tous les hommes et toutes les femmes ? D'où ça vient ? Pourquoi je n'ai toujours rien compris ?

Les questions sont inutiles, il n'y a pas de réponse. Il faut accepter d'entrer calmement dans la nuit de l'autre. Jean de la Croix : « Et la nuit était obscure et elle éclairait la Nuit. »

Ça ne veut rien dire, et en même temps tout est dit, c'est ça qui est bien avec les mystiques. En amour ce sont les seuls à avoir une réponse qui tire toujours vers le haut, au-dessus des chagrins misérables et des pauvres questions, au-dessus de cette différence obtuse entre sexe et amour.

« Et la nuit était obscure et elle éclairait la Nuit. »

30

Lui

Sentiment accru du haut, du bas, et de leur équivalence, comme dans l'infiniment grand. Sentiment de m'égarer dans les marais d'un pays tristement immense sans espoir de conquête. Sentiment slave ou portugais que la joie c'est comme la nostalgie. Sentiment de peser plus lourd, de perdre la légèreté libertine, de sonner plus grave, comme un glas. Sentiment de chute. Sentiment d'Adam dans les bras d'Ève. Sentiment de paradis perdu. Sentiment de tomber amoureux de toi.

Chapitre 3

QUE FAIS-TU SANS MOI ?

31

Elle

Je me demande tout le temps ce que tu fais sans moi. Ma vie sans toi, elle est très claire : les enfants, le boulot, le repos. Mais toi ? Tu ne vois ta fille qu'un après-midi par semaine, tu dors peu et tu détestes la solitude, tu veux toujours de l'animation, des gens autour de toi. Alors qu'est-ce que tu fais ? Je finis par poser la question. Tu éludes ou tu réponds : week-end de travail, dîner professionnel, colloque interminable, déplacement à l'étranger… Je te crois, comme toujours.

La question persiste pourtant dans ma tête. Que fais-tu sans moi ? On dirait que je comprends malgré moi que tu ne me donnes pas la bonne réponse. Mais même si tu avouais : « Je suis avec une autre », ta réponse ne me satisferait pas. Qu'est-ce que tu fais sans moi ? Est-ce que tu ne sens pas toi aussi ce vide immense, ce gouffre glacé où je tombe chaque fois que je te quitte ? Dont je ne sors qu'à grand-peine, en m'accrochant aux soucis quotidiens que je déteste.

Alors, que fais-tu sans moi ?

32

LUI

Je me promène avec Marie-Laure un soir d'été, sur les berges de la Seine. Nous travaillons dans la même agence. Elle épuise sa vie un peu stricte d'amazone de bureau en d'exténuants voyages à travers l'Europe. Embarquée dès l'aube pour Hambourg, Düsseldorf ou Milan, elle part animer dans un anglais irréprochable, cultivé sur les bancs des meilleures universités d'outre-atlantique, de soporifiques meetings stratégiques, qui devraient assurer à brève échéance la défaite définitive de la tartine au beurre sur toutes les tables du petit déjeuner au profit des millions de tonnes de céréales usinées par un consortium du Middle West.

Elle se trouve distinguée mais ingrate et juge que l'existence l'est avec elle. C'est souvent le cas des enfants de la grande bourgeoisie : leurs parents leur ont inculqué le sens de l'effort, les vertus du mérite, la nécessité d'accumuler les richesses, mais sûrement pas le talent d'en jouir. Ils peuvent bien tout avoir, ils ne savent rien lâcher et la vie continue obstinément à ne pas leur sourire.

Nous sommes nés le même jour, un 29 août, et sommes affligés de la même anomalie astrologique : Vierge ascendant Vierge. Gémellité intrigante qui ne nous a pourtant pas permis, jusqu'à ce soir, de sortir de notre réserve. La Vierge est on le sait – à moins de devenir totalement incontrôlable – généralement timide.

La nuit est chaude et enthousiaste : on fête le cinquantième anniversaire de la libération de Paris. Devant une foule en liesse, les vieux tanks font grincer leurs chenilles sur le boulevard Saint-Michel. Nous nous réfugions sur les quais près du Pont-Neuf. Je l'embrasse pour la première fois, sous la lumière intermittente du feu d'artifice. Puis je regarde l'heure, machinalement. Elle me fait alors remarquer, d'une voix un peu rêche, qu'elle trouve ma Rolex *Oystercult*, à cadran noir, assez vulgaire. Veut-elle simplement me faire comprendre qu'il est déplacé de regarder sa montre après un premier baiser ? Ma muflerie traversera le temps puisque cette hypothèse ne me vient à l'esprit qu'aujourd'hui, soit quinze ans après sa réaction. Sur le coup, je suis piqué au vif, car j'avais justement choisi le cadran noir pour son élégance discrète. J'ôte aussitôt la Rolex de mon poignet et la balance pour toujours dans le cours obscur du fleuve. Mon geste lui a plu, je le sens dans la ferveur qu'elle imprime au baiser suivant. Elle accepte de passer la nuit avec moi.

Au pied de mon immeuble, un SDF dort allongé sur le trottoir la tête au creux des bras.

« Donne-lui ta montre, lui dis-je, ça lui fera un réveil agréable. » Elle s'exécute, détache de son poignet sa Jaeger Lecoultre *Reverso* en or blanc, au remontoir serti d'un rubis bleu, et la dépose dans l'espace que l'infortuné qui ne connaît pas encore son bonheur a laissé libre, entre sa joue et le creux de son coude. Nous disparaissons sans troubler son sommeil paisible.

Quand je lui fais part de mon admiration pour sa générosité, Marie-Laure me rétorque : « Je m'en fous, c'est mon père qui me l'a offerte, il m'en achètera une autre. » Je me demande quelle mouche nous a piqués elle et moi pour nous conduire à effectuer ce sacrifice symétrique et dispendieux.

33

Elle

Tu fais des dîners et tu m'invites ; la cuisine, c'est ton truc, je le sais depuis notre premier déjeuner, et c'est sans doute pour moi la seule façon de te connaître un peu sans que je sois dans l'effroi permanent de ce qui m'arrive.

Tu rêves à ton menu plusieurs jours à l'avance, tu élabores, tu réfléchis à haute voix, tu jouis de toutes les idées gourmandes qui te traversent ; tu as dans ta cuisine un matériel que je n'avais jamais vu jusque-là : des gants de chirurgien, des couteaux de toutes les dimensions et une cuisinière énorme qui ressemble à celle de ma grand-mère, mais la tienne ne marche pas au charbon. Tu aimes bien que je sois là, spectatrice attentive de l'accomplissement de tes rituels culinaires. Je m'émeus du ballet de tes mains et de tes doigts, qui virevoltent, légers, féminins ; ceux de ma mère quand elle cousait dansaient de même. Je te souris, tu ne me vois pas. J'ai le droit de regarder et de me taire. Les commentaires ne sont pas acceptés ; tu officies, je contemple.

Cette place me convient. J'aime être celle qui assiste, qui reste dans l'ombre, en retrait, ignorante de tant de science et maternelle pourtant : je suis fière de toi. À la maison, depuis la naissance de mes filles, je fais à chaque repas des pâtes ou des pâtes, ça leur va et à moi aussi.

Chez toi, pas de livres de recettes, pas de pâtes trop cuites, pas de ketchup, on est dans le monde du raffinement culinaire et de l'invention. Tu regardes, tu humes, tu tripotes, tu goûtes, tu touilles, tu fermes les yeux, tu somnoles au milieu des odeurs, des vapeurs, des grésillements ; tu guettes ; et puis soudain, tel un gamin hargneux, tu bondis, bouscules poêles et casseroles, jettes l'eau, ouvres le four, t'agaces du désordre, refermes la cocotte, me lances un œil noir. Je me replie au salon.

Les invités conversent sans se soucier de ton absence en cuisine. Ils ont l'habitude. En t'attendant, ils m'examinent. On apprécie ma dimension télévisuelle ; silencieusement, on te rend hommage pour ce nouveau trophée. On ne me demande rien, on me jauge tout en parlant vacances, golf, expos, bateau.

Je tourne le dos à l'assemblée pour allumer les bougies, apporter le pain, vérifier le couvert, régler l'éclairage, oui, oui, je suis comme chez moi ici, comme chez moi, croyez-moi. Une femme chic, arrivée en compagnie d'un homme muet et arrogant, propose son aide en cuisine. De quoi elle se mêle celle-là ? Tu dis : Viens, viens. La voilà près de toi, j'entends vos rires. Je m'effondre sur un tabouret. Les convives parlent plus bas. À la cuisine, tu pouffes, tu glousses, la femme chic rit de plus en plus fort, on n'entend que vous, l'homme muet est tant pâle.

Je voudrais être la poularde que tu es en train de cuire, elle requiert tous tes soins, tout ton amour, elle est unique. Pas moi. Les seuls moments où j'ai le sentiment d'être un objet parmi d'autres, ce sont tes dîners.

Précédé de la femme chic, tu entres avec ton plat, on s'exclame, on s'assoit. Vite, vite, à table, je me retrouve tout au bout, loin de toi, à côté de l'homme arrogant. Il faut manger tant que c'est chaud ! C'est bon ! C'est délicieux ! Absolument ! Vraiment ! Ah ! Thomas ! Pâmoison. Les fourchettes ont plongé dans les assiettes, les invités se sont tus. Je n'ai pas faim.

Tu invites plutôt des couples à tes dîners. Mais il arrive que tu convies une jeune femme seule et belle. Frais volatile, future amante. Tel un appeau, ma présence à tes côtés est une chance supplémentaire de la séduire, je sais. Bizarrement, ce sont elles, ces jeunes femmes solitaires, qui donnent vie à notre liaison. Que tu sois mon amant à moi qu'elles ont vue à la télé te donne un attrait supplémentaire à leurs yeux. Elles veulent nous séduire autant l'un que l'autre. Elles savent que tu me trompes avec elles.

Si tu me trompes, c'est que nous sommes un couple, non ?

34

LUI

Retrouvant Marie-Laure au cocktail organisé par sa meilleure amie, une sémiologue d'Europe centrale avec laquelle elle fait de longs séjours recueillis en thalassothérapie, je la découvre en tailleur Chanel rose, gansé de noir. Le chic de son allure étudiée tranche sur la mise des intellos invités, qui ont pour la plupart – hommes ou femmes – définitivement opté pour la beauté intérieure.

Une évidence forte comme un coup de foudre s'impose à mes yeux émerveillés : Ne change rien, ni le tailleur, ni les escarpins noirs qui te font la jambe si joliment galbée, ni la frange un peu garce, ne touche pas à ton style impeccable, garde tout ça tel quel, et fonçons aux Chandelles. Ah tiens, dit-elle, pourquoi pas ?

Je suis devenu un adepte de cette boîte échangiste tendance, située à deux pas de chez moi, presque au moment où je t'ai rencontrée, mon amour, et j'y cours avec le Tout-Paris de la presse, de l'édition, du barreau, de la finance, de la pub, de la grande distribution des arts et des lettres, en un mot, à part toi, avec tout le monde.

L'échangisme hétéro libéral s'y épanouit en toute civilité. On est loin des liturgies exaspérées et coupables d'un Georges Bataille, des trivialités néo-naturistes du cap d'Agde, des sournoises parties fines de nos provinces où le patchouli des putains vieillissantes se mêle à l'odeur d'encaustique chère aux narines des notables.

Au royaume souterrain de la transgression non agressive, tout est cool, clean, prévenant, décontracté, détaché, no problemo. Il y en a bien sûr toujours quelques-uns ou unes qui craquent : c'est dur, la première fois, de voir, par exemple, sa femme se faire prendre par deux hommes et une femme et jouir comme il ou elle ne l'a jamais fait avec vous, mais on s'en remet et l'on repart, bras dessus bras dessous, traumatisés mais complices.

35

Elle

Les Chandelles, je n'y suis pas allée. Mais telle la femme de Barbe Bleue, je suis intriguée par la pièce interdite. Il m'arrive souvent de passer en plein jour devant cet endroit dont la façade peinte en bleu ne laisserait rien entrevoir du stupre de la nuit si ne flottait derrière une fenêtre sombre un méchant rideau en lamé doré.

Tu m'as dépeint l'escalier qui descend, la pierre nue et suintante des murs, les alcôves où on se cache et où on s'exhibe, les chaînes et les grilles scellées dans le mur et cette entêtante odeur de menthe que j'essaie de deviner en humant l'air quand je passe devant la vitrine bleue.

Je n'en reviens pas de l'extravagante débauche que tu décris. J'imagine les Chandelles comme *Eyes Wide Shut* de Kubrick. Dans une demi-obscurité, sa caméra traverse d'immenses pièces où l'on devine des personnages en pleine activité sexuelle. Ils sont tous masqués, on ne voit pas leurs visages, sauf celui de quelques jeunes femmes. Tu te moques de ma comparaison, tu dis que non, ce n'est pas comme ça, personne ne se cache derrière un masque, ce n'est pas du cinéma, c'est une boîte de nuit, et comme dans toutes les boîtes, tu bois du champagne et tu regardes.

35 bis

LUI

Je ne fais pas grand-chose aux Chandelles. Je bois du champagne, je regarde, je relativise.

Désormais pour moi il y a deux mondes. Le monde de la surface, lourd, impliquant, sentimental, dramatique. Et le monde de la cave, futile, infantile, lubrique et rieur. Je me dis : la jalousie, les pensions alimentaires, les crimes passionnels, le devoir conjugal, de quoi me parlez-vous ?

Derrière leurs sexes exhibés sans complexe, je m'étonne de reconnaître l'épouse déchaînée d'un philosophe aussi austère qu'il est médiatique, un virtuose du clavier qui se fait d'ordinaire applaudir en queue-de-pie, une star du porno à la hauteur de sa réputation et – Salut ! Qu'est-ce que tu fais là ? – se dégageant d'une petite pyramide humaine, comme un demi d'ouverture d'une mêlée ouverte : Stan lui-même.

Marie-Laure, en élève appliquée, se soumet rapidement aux règles débridées de cette cour de récréation. Sans se départir de la dignité dont la pare son tailleur Chanel, elle se fait prendre par un colosse à tête de canard qui emprunte le ton d'un surveillant général courroucé pour la sermonner en lui tapant sur les fesses.

Elle conviendra en sortant s'être bien amusée, malgré les propos balourds de son amant d'un instant, propos qu'elle juge convenus – « On n'a pas bien fait ses devoirs ? On est une vilaine petite fille ? On a mérité une bonne correction ? »

36

Elle

Suspendue à tes lèvres, j'écoute. Tes mots, ton langage, ta façon provocante de nommer ce qui arrive sans fioritures, de raconter tout ce que tu désires sans limites, me bouleversent. Tes camarades de débauche me deviennent familières. Tu ne crains ni l'impudeur, ni le mauvais goût. Je n'ai jamais rencontré quelqu'un qui te ressemble.

Je découvre avec toi ce mélange prodigieux d'excitation, d'érotisme et de rire, et je t'écoute, comme un enfant les contes de fées. Parfois, on est sur le point de basculer, je ne sais pas dans quoi. Ce qui se passe aux Chandelles m'enchante et me terrifie. Le loup a toujours de grandes dents blanches et la langue rouge vif.

37

Lui

Je te raconte tout. Je deviens le chroniqueur fidèle de mes infidélités. Je vois que tu prends un plaisir douloureux à ces récits détaillés, chuchotés au cours de longues et patientes étreintes. Mes aveux te choquent. Je me sers de mon sexe pour me faire pardonner. Il aiguise ta curiosité. Tu demandes encore plus de choc. Plus tard viendront les scènes et les reproches mais pour l'instant tu entres dans une bizarre extase, où tu jouis dans ton for intérieur de me voir t'échapper dans d'autres bras.

Étrange intimité, intime étrangeté. Tu câlines un monstre qui pourrait être toi et qui ne te rejoint – comme Éros, Psyché – que dans la pénombre de ton âme. Je retournerai demain chasser pour toi d'autres anecdotes captivantes.

De nuits blanches en confessions érotiques, j'invente pour toi l'art excitant de ne pas t'appartenir et suis probablement en train de devenir fou. La preuve : au sortir d'une nuit de débauche, je me vois m'exclamer, pathétique : « J'espère que Dieu me pardonnera ce que je fais à l'amour » et vais, au petit jour, brûler un cierge à Notre-Dame, alors que je suis définitivement athée.

Mais bon, on ne s'ennuie pas toi et moi. On esquive par notre rituel étrange la familiarité, le pire ennemi de l'amour. Parce que l'amour, tant qu'il est sous tension érotique, va du connu à l'inconnu, alors que la vie, surtout en couple, cherche avant tout à s'installer sur un terrain connu.

Nous faisons toujours la même chose : dîner dans un restaurant cossu, sexe à deux mais à plus dans nos têtes, petit déjeuner, et pourtant nous ne nous lassons pas. Nous sommes liés par le plus fort des pactes : nous avons quelque chose à nous montrer qu'il convient habituellement de cacher. Serions-nous l'un pour l'autre impudiques ? Sans doute. Mais, c'est le Rousseau des *Confessions* qui me l'a enseigné, on ne cache que ce qu'on veut montrer, on ne montre que ce qu'on devrait cacher et, sans ce mouvement entre la pudeur et l'impudeur, il n'y aurait pas de littérature de l'intime.

38

Elle

Tu m'emmènes à Londres. Tu m'emmènes à Londres ! J'ai du mal à y croire. Tu m'emmènes vraiment ? Quand l'avion décolle, nous buvons notre première flûte de champagne. Notre hôtel est ravissant, boiseries et chintz fleuri partout, extrême raffinement de la décoration et du confort. Nous sommes plongés dans le luxe. Est-ce que c'est pour moi tout ça ?

Je passe une partie de la première nuit sur le palier de la chambre. Je pleure. Je me souviens très bien de mon chagrin, Ce n'est pas une autre femme qui l'a provoqué. (Je ne pleure pas autant pour une femme.) Non, il s'agit de toi. Ou plutôt de moi, de ma folie. L'après-midi, tu m'as acheté dans Oxford Street une jupe vert pomme, un foulard rouge sang pour souligner mes origines espagnoles, du parfum, et des escarpins. Ce soir, je n'en veux pas de tes cadeaux, je n'en veux pas. Oui, sur le moment j'ai été contente, ravie, reconnaissante, mais quand la nuit descend, quand je me retrouve seule avec toi, quelque chose se déchire et je comprends : tu ne m'aimes pas, tu as du mépris pour moi. Tu n'es pas un homme pour moi, je ne suis pas une femme pour toi et je déteste l'idée de me faire acheter. Tu ne m'achèteras pas. Tu entends, tu ne m'achèteras pas. Je ne te dois rien. Rien. Tout ce luxe, c'est trop, c'est minable. Surtout minable. Notre histoire est minable. Depuis le début.

À force de hurler dans tes oreilles fatiguées que notre histoire est minable, je finis par te convaincre. Tout d'un coup, tu bondis hors du lit, ouvres la porte, me jettes dehors et refermes à clé. Et je me retrouve brutalement dans le couloir de l'hôtel, à 3 heures du matin, un peu ivre et hoquetant de larmes sur le tapis. Le ridicule de la situation, ou la crainte de réveiller les voisins, te fait rouvrir la porte. Le reste de la nuit n'est qu'une somptueuse réconciliation.

Le lendemain, un taxi nous ramène à l'aéroport. Il est tôt. Le soleil rasant qui pénètre dans la voiture est presque aussi roux que tes cheveux. Aveuglé par la lumière, tu clignes un peu des yeux, tu t'enfonces dans la banquette, tu es tourné vers moi, tu souris, tu es très calme, le soleil joue avec tes cheveux, tu dis je t'aime, tu le dis à nouveau, je t'aime, et puis encore, je t'aime ; tu es étonné que ce soit si vrai ce que tu dis là, et plus tu le dis, plus c'est vrai.

39

Lui

Je t'aime, cela est certain, mais comme Saint-Augustin le demandait à Dieu : « Qu'est-ce que j'aime en t'aimant ? »

J'ai huit ans, peut-être neuf. Je te vois partout sur les murs des granges du village de Seine-et-Marne où ma mère me dépose souvent – trop souvent ? – chez mes grands-parents. L'élégance académique de ton portrait en noir et blanc, signé Harcourt Paris, tranche sur les réclames aux couleurs criardes pour le cirque Pinder qui l'entourent généralement.

Tu portes une robe bustier qui laisse tes épaules nues et découvre largement ta gorge. Une tache de lumière subtilement travaillée donne un volume palpable à ta chevelure brune et me laisse pressentir de capiteux effluves, semblables à ceux qui émanent des flacons à facettes de la brillantine Rojaflor, très en vogue dans le monde rural des années cinquante.

Deux pendentifs sertis de diamants scintillent à tes oreilles. Le crayon du maquilleur a su accentuer l'arc affirmé de tes sourcils. Ils survolent un regard à la fois langoureux et décidé. Sous ton nez régulier, un rouge à lèvres intense rehausse le charme d'une bouche charnue que tu laisses entrouverte, nuançant ton sourire vague d'une once pour moi irrésistible de vulgarité souveraine… Gloire à ton nom d'étrangleuse, qui s'étale en grand sur l'affichette, gloire à toi, Gloria Lasso, la première femme que j'ai aimée.

Elle est célèbre et tout le monde l'aime, comme toi. Elle chante *Étranger au paradis*, paroles de Francis Blanche, un million de disques vendus en 1956. La mélancolie russe d'une mélodie de Borodine y soutient de sa triste ferveur les roucoulements rocailleux de sa voix d'Espagnole.

Nous aussi nous sommes des étrangers au vert paradis des prairies de Seine-et-Marne. Des Juifs hongrois que l'accent à couper au couteau de ma grand-mère rend immédiatement repérable. Des youpins.

C'est notre voisine qui m'a appris le terme. Elle a un petit roquet sympa qu'elle appelle Youpi. Sauf quand je passe devant elle : youpi, youpi, youpin.

« Ne laisse surtout pas ma main ô bel ange qui me conduis.
Déjà je me sens bien moins étranger au paradis. »

Elle est pauvre, l'injurieuse. Et moche comme les pauvres d'avant, ceux qu'on lit dans Céline. Pauvre et moche, M. Wenger l'est tout autant. Cet Alsacien alcoolique dont les traits rappellent ceux de Goering est installé à côté de la concierge, au rez-de-chaussée de l'immeuble minable que nous habitons à Paris, cité Trévise.

Lui aussi, il me l'a dit.

On avait sonné en bande à sa porte, pour l'agacer ou lui mendier des macarons, je ne sais plus. Il en import-exportait avec d'autres denrées qui répandaient des senteurs de vanille et de noix de coco dans cette entrée que la cuisine de la concierge empuantissait à perpétuité d'un relent de graisse vieillotte.

Il ouvre, l'œil fou furieux, ivre, la lippe humide et tremblante. Mes camarades fuient dans la rue, je tente de grimper chez moi, au premier, mauvais calcul, il me rattrape, je tombe sur les marches, il me roue de coups de pied, me frappe au bas du dos, comme s'il voulait profiter du porte-à-faux où je me trouve sur les marches pour me briser la colonne vertébrale, puis à la tête. Mon sang coule dans mes yeux. Je n'y vois plus rien, je l'entends grommeler : Sale petit youpin !

« Ne laisse surtout pas ma main ô bel ange qui me conduis. »

Ni mon père ni ma mère n'ont rien dit à l'ivrogne. Pourtant mon père a perdu tous les siens à Sobibor et ma mère pleure son frère fusillé avec ceux de l'Affiche rouge. Mais ils me laissent vivre sans un geste ce moment d'extermination avec, pour seule consolation dans ma misère, Gloria Lasso.

« Comme un enfant qui se réveille, je te retrouve. Alors je n'ai plus peur, déjà je me sens bien moins étranger au paradis. »

Elle mourra à Cuernavaca au Mexique qui est pour moi, bien plus que Venise, la ville sainte de l'amour. Ceux qui partagent ma passion pour *Au-dessous du volcan* comprendront pourquoi.

40

Elle

Moi ? Tu me compares, moi, à Gloria Lasso ? Mais je n'ai aucun souvenir d'aucune de ses chansons… Trop petite, à peine née, c'est trop loin… Quand même, je me rappelle que ma mère ne l'aimait pas. Espagnole comme elle, belle comme elle, sensuelle comme elle. Trop de ressemblances sans doute. Quand on la voyait sur notre télé en noir et blanc, elle disait : « Qu'elle est vulgaire cette femme, et puis elle est grosse, tu vois comme elle se trémousse. Oh ! Et cet accent ! » Elle était révoltée. Elle prenait à témoin mon père qui regardait l'écran et ne disait rien… Peut-être trouvait-il lui aussi qu'elles se ressemblaient au fond toutes les deux.

Oui, c'est ça. Quand tu me compares à Gloria Lasso, tu te trompes, c'est ma mère qui ressemblait à Gloria Lasso, pas moi ; c'est ma mère qui t'intéresse en moi. Si vous aviez été contemporains, tu aurais choisi ma mère, ou Gloria Lasso. Elle a eu un grand nombre de maris, et le dernier était un gamin quand elle était déjà une vieille dame, non ?

Tu as toujours aimé ces stars sur le déclin qui épousent de très jeunes hommes. Piaf aussi tu l'adores, pas à cause de son physique, non, un peu à cause de sa voix, mais surtout parce qu'elle a épousé Théo Sarapo. Souvent, tu penses que tu es Théo Sarapo et que je suis Piaf, surtout quand je mets une robe noire et que je suis très fatiguée. Tu rêves d'être le jeune homme d'une femme mûre, un toy-boy pour star déclinante. Ce n'est plus possible, mon amour. Gloria Lasso est morte et toi tu vieillis avec moi.

Je reviens à ma mère. Si tu avais eu le choix entre elle et moi – oublie s'il te plaît une minute Gloria Lasso – tu l'aurais préférée, elle, et peu importe que tu ne l'aies connue que malade et sans mémoire.

D'ailleurs, t'aurais-je rencontré si elle n'avait pas eu la maladie d'Alzheimer ? Si elle, ma mère, avait pu te voir avec ses yeux, ses vrais yeux noirs d'avant, elle t'aurait choisi, elle, toi je veux dire, et je n'aurais eu aucune chance.

C'est comme ça, enfin c'était comme ça quand je croyais que je n'étais qu'une sorte de double de ma mère. En moins bien, forcément. Aujourd'hui, ma mère est morte, et Gloria Lasso aussi. Je ne suis plus le double de personne.

41

Lui

Je te l'accorde, quand je t'ai rencontrée, tu ne ressemblais plus du tout à Gloria Lasso. J'ai vu pourtant chez tes parents une photo de toi, enceinte et heureuse de l'être. Tu y arbores les seins généreux de la grossesse et un sourire ultra-féminin de femme féconde. Sur cette image, où c'est un autre qui t'a rendu heureuse, tu n'es pas si loin de mon idole enfantine. Mais c'était bien avant moi.

Au moment où j'arrive dans ta vie, tu me rappelles plutôt, en miniature plus sympathique, la Joan Crawford de *Johnny Guitar*. Elle y incarne une brune anxieuse et sexy à large bouche qui ne pourra pas empêcher sa rivale, mauvaise petite brune à petite bouche, interprétée par Mercedes McCambridge, de faire pendre un jeune cow-boy. Dans un élan de rage démoniaque, elle cravache le cheval sur lequel il est attaché, un lasso noué à la branche d'un arbre autour du cou. Le lasso, toujours le lasso.

Chapitre 4

EMMÈNE-MOI

42

ELLE

J'ai établi la liste des endroits où nous sommes allés ensemble ou séparément depuis que nous nous connaissons. C'est une liste pour mieux se rappeler, une liste comme une collection de cartes postales.

Tu es allé sans moi aux Baléares, en Tanzanie, à Saint-Domingue, à Venise, à Hambourg, à Prague, à Londres, en Tunisie, au Sénégal, en Andalousie, en Provence, à Amsterdam, à Nice, à Carantec, en Égypte, à Istanbul, à Patmos, à Cuba, au Cap-Ferret, en Sierra Leone, en Auvergne, à Lisbonne, à Vézelay, en Ardèche.

Je suis allée sans toi à Port Crouesty, à Plomodiern, au Mexique, à L'île Maurice, dans le Gers, à Chartres, en Picardie, à Grasse, à Patmos, à Rome, à Naples, à Pompéi, à Tarbes, à Bordeaux, à L'Alpe d'Huez, en Finlande.

Nous sommes allés ensemble à Venise, en Toscane, à Naples, à Pompéi, à Rotterdam, dans les Asturies, à Bilbao, à Saint-Jacques-de-Compostelle, à Mieres, à Barcelone, à Rome, à Istanbul, à Rhodes, sur L'île d'Eubée, à Delphes, à Carantec, à Bréhat, à Batz, à Londres, à Bordeaux, dans le Gers, au Pyla, à Chavignol, à Budapest, dans le Wadi Rum.

Tu t'étonnes que je fasse une liste de nos voyages, mais chaque fois que tu es parti sans moi, chaque fois que je suis partie sans toi, ça a été une déchirure. Chaque lieu où tu as été sans moi, où j'ai été sans toi, m'a laissé une cicatrice. Ces listes sont le mémorial de nos vacances réussies ou ratées.

Évidemment celle qui contient le plus de noms est celle où tu pars seul. Je ne suis pas forcément de bonne foi, je voulais, avant même de l'établir, qu'elle soit la plus longue pour te prouver noir sur blanc que tu étais parti beaucoup plus souvent sans moi qu'avec moi.

Dans cette énumération de lieux proches ou lointains, il n'y a pas seulement le désir nostalgique de revivre des souvenirs de voyage, d'arrêter le temps, il y a surtout, je le crains, celui de régler mes comptes avec toi, menteur, hâbleur, séducteur... Faire des listes c'est toujours d'une certaine façon faire ses comptes, et dans ce cas t'en demander, à toi : Où étais-tu ? Pourquoi tu n'es pas venu ? Pourquoi tu es parti ? Combien de temps ? Pourquoi tu m'as laissée ?

43

Lui

« Emmène-moi ! » C'est l'appel rituel de la femme aimante à l'homme aimé. Son invitation implorante au voyage. Du coup, que de romances casées sur des voyages d'affaires ! Actionnaires, si vous saviez ! Que de voitures louées, d'auberges cossues passées en notes de frais, de balades sur la grève, pour satisfaire leur platonicienne et perpétuelle envie de fuir d'ici vers là-bas !

Pour me calmer, je chante dans ma tête en tentant d'y contrefaire la voix enrayée de notre talentueux Arménien national : « Emmène-moi au bout de la terre… »

Mais je ne suis pas loin de hurler : « Emmenez-la ! Qu'on l'emmène, qu'on me débarrasse de cette furie ! »

Elle se plaint sans fin : « Tu ne m'emmènes nulle part ! Tu ne me mènes nulle part ! Cette histoire ne va nulle part ! »

Mais où dois-je l'emmener ? Au pays des merveilles ? Là où la misère serait moins pénible au soleil ? Je lui intime sans succès de fermer son robinet à pathos puis conclus :

— Je crois que je vais y aller.

— Aller où ? parvient-elle à articuler entre deux sanglots.

— Je crois que je vais aller aux toilettes chez moi.

— Pardon ?

En un éclair, elle passe du désespoir à la rage taurine et balance toutes mes affaires, caleçon inclus, dans l'escalier, espérant d'un même geste me chasser et me retenir, puisqu'il est hors de question que je prenne le risque de croiser nu ses voisins, comme dans un mauvais rêve.

J'essaierai longtemps après de lui faire comprendre que ça me gênait d'aller au cabinet au vu et su de ses deux filles tandis qu'elle sanglotait et que, l'envie se faisant pressante, j'avais trouvé pour ainsi dire plus correct – et plus respectueux – de la laisser épancher son chagrin, et d'aller me soulager ailleurs. Même cause, même effet : à m'entendre raisonner ainsi, la rage lui reviendra aussitôt.

44

Elle

Certaines de ces villes, de ces pays, se répètent de liste en liste. Quand je suis partie seule, c'est parce que j'espérais te convaincre de me suivre, en général dans un endroit que tu aimais et où nous avions déjà été ensemble… En pure perte. Ta liberté de séducteur a toujours été prioritaire. Lorsque je suis loin, tu n'as pas à inventer de misérables mensonges d'emploi du temps. Me rejoindre te tente, ton indépendance plus encore.

J'ai donc subi seule une cure de thalassothérapie dont je pensais qu'elle te serait indispensable. Tu n'es pas venu et je n'en ai tiré qu'un ennui profond, ton image refusant d'apparaître entre les jets de vapeur, les enveloppements de boue et les peignoirs entassés.

44 bis

Lui

Je suis très heureux de ne pas être parti en thalassothérapie avec toi. J'adore nager, j'adore l'eau, mais je déteste la thalassothérapie. Je trouve ça affligeant de traîner des jours durant son ennui en peignoir et mules en éponge, dans l'attente d'être couvert de gadoue, douché au jet comme un aliéné, ou massé par des professionnelles de santé incapables d'un geste équivoque. C'est, dans la série des fausses joies que s'inventent les classes aisées en mal de loisirs, aussi chiant que le golf, auquel je ne comprends rien et ne veux rien comprendre. À quoi bon tous ces trous dans le gazon ?

Je m'étonne en revanche que tu ne dises rien de cette visite que nous avons faite ensemble de la villa des Mystères à Pompéi. Nous sommes pourtant restés longtemps tous les deux face aux trois immenses fresques de la grande salle.

— Je me souviens, oui, de ton émotion, et de ces femmes sur la fresque, majestueuses, belles. J'ai pensé que les femmes de Rome avaient plus de force que nous, les femmes modernes d'Occident, ça se voyait sur ces murs.

— Sur un fond somptueusement cinabre scandé de barres noires encadrées de vert et de jaune, s'organisent d'étranges rituels. Au centre, torse nu, les yeux ivres, hébété, Dionysos s'affale lascivement sur les genoux d'Ariane. Sur le panneau de gauche, une femme stupéfaite tend la main dans un geste d'effroi. Redoute-t-elle le spectacle que lui offre l'ange féminin aux ailes noires déployées qui brandit, à côté du dieu, une badine ? Il fouette le dos dénudé d'une jeune femme agenouillée, suppliante, comme en prière. Elle enfouit sa tête aux yeux clos entre les cuisses drapées d'une majestueuse matrone. D'une main qui pourrait caresser ou bénir, une main bienveillante, celle-ci maintient la jeune tête soumise. De l'autre elle soulève la toge prune de sa victime pour mieux exposer sa peau aux morsures de la badine. Devant elle, au son des cymbales qu'elle frappe au-dessus de sa tête, une femme danse, nue, tandis qu'une autre extrait d'un panier un phallus de pierre ou de bois. Une troisième venue, également vêtue d'une toge prune, regarde la scène et s'interroge, le visage blafard.

Personne n'a jamais vraiment compris ce qu'ils faisaient là, tous, sur cette fresque, même si on y voit à l'évidence se marier, sous les auspices du dieu ivre, le sexe, la stupeur, la violence et la danse.

Nous non plus – même si cela nous absorbe plus qu'aucune prière – nous ne comprenons pas très bien ce que nous faisons dans les bras l'un de l'autre. Entre nous, comme dans cette villa, le mystère s'épaissit.

Michel Leiris confie dans *L'Âge d'homme* s'être masturbé dans les ruines du temple d'Olympie afin d'offrir sa semence en oblation à Jupiter. Je me suis laissé aller à un rite identique, sans avoir eu alors connaissance du geste de Leiris – il y a longtemps – je n'avais pas trente ans, lors d'un voyage solitaire et hivernal à Delphes.

Un chemin surplombant l'hippodrome antique du sanctuaire s'enfonce à travers les sapins. Il me conduit en une heure, sous le doux soleil d'hiver que je capte sur ma peau, après m'être à demi dénudé, au pied du Parnasse. La montagne domine d'un bloc une plaine désertique. C'est là que les prêtresses de Dionysos se livraient à leurs chasses furieuses, attaquant la nuit des vaches ou des brebis pour les dévorer vivantes. Saisi d'une folie de circonstance, j'arrose la pierre sèche d'un jet de sperme. Et me dis que si je rencontre un jour la femme de ma vie, je la présenterai ici, au seul dieu que j'aurais pu aimer.

Et alors qui as-tu présenté à ton dieu ? Quelle femme ? Pourquoi tu ne réponds pas ?

— Personne, je n'ai emmené personne, à part toi.

— Mais tu ne m'as jamais emmenée.

— Voir le dieu ? Si, à Pompéi. À Delphes, tu n'as pas voulu, c'était trop loin, il fallait marcher.

45

Lui

Je n'ai pas envie de te parler sur l'oreiller de Victoria, pas plus il n'y a quinze ans qu'aujourd'hui. Je n'ai pas envie de te l'apporter, comme toutes les autres, à la façon d'un chien qui déterre ses os préférés pour les offrir à sa maîtresse en échange de quelques caresses flatteuses.

Ami lecteur, c'est donc à toi directement que je m'adresserai, si tu existes, pour te parler de Victoria.

Les Chandelles n'ont pas été inventées pour les couche-tôt ni les honnêtes travailleurs : il ne s'y passe rien de vraiment intéressant avant trois heures du matin. C'est fatigant.

Les dîners chez moi, c'est fatigant. Mon travail où je dois sauter sans cesse d'un avion à l'autre entre Zurich, Francfort et Paris, depuis qu'on m'a nommé généralissime créatif d'une grosse marque de voitures allemandes pour le peuple, c'est fatigant. Notre amour déjanté aussi, c'est fatigant. Ça fait trop. Je perds la boule, j'ai besoin de prendre du recul, de me recentrer, de me retrouver.

Je pars avec Victoria chez des amis qui possèdent une belle maison théâtrale dans la région d'Avignon. Elle et moi sommes séparés, depuis six mois…

— Depuis qu'on s'est rencontrés ? interrompt-elle.

Il n'a pas entendu.

— … Mais notre histoire n'est pas encore totalement finie.

Victoria mélange tout, la candeur et la rouerie, la senteur enfantine de la frangipane et les drogues dures, l'Europe et l'Afrique où elle a vécu longtemps et dont elle a gardé une certaine langueur, perceptible dans sa démarche et dans sa voix quand elle dit Baouwbizon pour Barbizon.

Elle a vingt-cinq ans, une taille de mannequin qui fait de moi un nain quand je lui prends la taille, un nom de famille guttural et mystérieux, une tête d'archange, si les archanges étaient des brunes, des yeux bleus innocents, une bouche qui ne l'est pas du tout, de longues jambes interminables dessinées par Kiraz, dont le trait, on s'en souvient, s'attache plus à la joliesse miniaturisée des pieds qu'à la finesse des chevilles.

Elle aime, dans la littérature d'alors, les auteurs en vue : Barocco, Van Cauwelaert, Besson.

Dans le journalisme, elle manifestera un penchant affirmé, quoique fugitif, pour Patrick Poivre d'Arvor et un engouement plus durable pour Jean-Marie Rouart, dont elle prononce le nom avec une ronronnante joliesse. Côté musique, Jean-Phillipe Collard lui fera découvrir le *Concerto pour piano* de Poulenc. L'élégance dissonante de l'allegro, la douceur fracassée du thème, que le piano expose, lui ressemblent.

Quand je la rencontre, elle est pressentie pour intégrer – au titre de directrice littéraire – une importante maison d'édition nationale dirigée par un exilé de la pub loréalienne qui façonnera durablement les mœurs des éditeurs en imposant avec succès à un métier autrefois non dénué de finesse et de retenue l'arbitraire brutal et sommaire des promoteurs de shampoing.

Elle obtiendra le job. Je me souviens des traces, à mon avis séminales, qui m'avaient exaspéré, au retour d'une journée de travail, sur sa robe en soie caramel et de sa réplique : « Mais qu'est-ce que tu t'imagines, c'est de la colle de bureau ! »

Je me souviens aussi, dans un autre registre du soleil accablant de ce midi d'août dans un cimetière de Nice. Elle arrosait en pure perte les quelques fleurs en pot desséchées qui entouraient la tombe de son père. Je l'ai trouvée à cet instant tellement perdue ; j'étais bouleversé par la noblesse tragique de son geste de piété impossible.

Je ne voudrais pas omettre un dernier nom. J'en ai cité autant, parce que ça lui ressemble de citer des noms, elle en citait tout le temps des noms, comme si le monde n'était plein que de noms. Nous sortions, en Safrane de location, du Carlton à Cannes où je m'étais rendu pour le festival du film publicitaire. Je roulais au pas. Frédéric Beigbeder, à cette époque glabre et publicitaire, se jette théâtralement sur le capot de la voiture pour lui signifier qu'elle devait à un moment ou un autre lui revenir.

Nous nous sommes heurtés, cabossés, dix fois perdus et neuf fois retrouvés, donc finalement perdus. Elle aura toujours, pour son sens du désespoir et sa désinvolture dix fois supérieure à la mienne, droit à ma dévotion intimidée.

Mais je l'exclurai bientôt de ma vie, la sacrifierai pour toi dans un rite violent et involontaire dont je parviendrai, en même temps, à la protéger.

46

ELLE

Nous dînons à La Closerie des Lilas. J'arrive du Gers. J'ai passé le mois d'août avec mes filles dans une jolie maison d'hôtes, vieux château gascon, où nous sommes allés tous les deux lors d'un précédent voyage et que tu aimes beaucoup. Tous les jours, je t'ai attendu ; j'ai pris pour toi les heures de train, d'avion, et puis finalement tu m'as dit que tu devais aller à Prague pour un tournage, tu es désolé, tu ne peux pas venir.

Nous sommes heureux de nous retrouver à Paris, on dîne en terrasse, l'air est doux, c'est encore l'été, je te demande de me raconter Prague.

— Comment avez-vous fait pour tourner, avec ces pluies catastrophiques qui se sont abattues sur la ville, on a vu des images impressionnantes à la télé, j'ai eu peur pour toi.

Tu souris, tu me regardes plein d'amour, de complicité, tu as pris ma main.

— Mais je n'étais pas à Prague, tu avais deviné, non ?

— Tu n'étais pas à Prague, mais comment tu as fait avec les inondations ?

— Je ne savais pas qu'il y avait des inondations : je te dis que je n'étais pas à Prague.

— Tu n'étais pas à Prague, j'ai compris. *(Un temps.)* Alors, tu étais où ?

— En Provence.

L'humiliation, l'humiliation de la tromperie. Pas celle de l'infidélité, non, celle de ma crédulité. Pas une seconde je n'ai mis en doute ce qu'il me disait : j'étais sûre qu'il était à Prague. Je sentais ses réticences à venir me rejoindre, mais quand il m'a dit qu'il partait en Tchéquie, je l'ai cru, je l'ai cru, patacru… Ma bêtise m'anéantit. J'en ai le souffle coupé. Je me lève hébétée. C'est ma seule façon de regagner un peu de dignité : me mettre debout. Et surtout, surtout, ne pas demander avec qui il est parti en Provence.

Toi, tu me regardes sans trop y croire. Tu découvres, stupéfait, mon immense candeur, ma naïveté infantile. Tu m'imaginais Merteuil, me voilà Bécassine. Tu as l'air navré, tu répètes plusieurs fois : « Je croyais que tu avais deviné. » Cette répétition m'humilie plus que tout. Ne reste qu'à prendre la fuite. Ce que je fais. En essayant de ne pas éclater en sanglots devant tous ces cons qui nous regardent. Je suis humiliée. Humiliée et ridicule.

47

LUI

Le week-end avec Victoria a été pénible. Elle a découvert dans mon Filofax, un carnet en vogue à l'époque, les fragments de mon journal intime consacrés aux Chandelles. J'ai toujours, face à sa légèreté de séductrice mondaine, posé au moraliste indigné et vertueusement amoureux. Du coup, je me sens doublement pris en faute. Je rougis. J'ai le sentiment d'avoir autour de la tête les gouttes qu'Hergé dessine à Tintin quand il stresse.

Ça ne se passe pas très bien non plus avec mes amis d'Avignon. Victoria défend un de ses auteurs qu'elle admire sincèrement – il aura le Goncourt cette année-là – et s'engueule à son sujet avec la maîtresse de maison. Le dîner de dimanche soir est tendu.

Lundi matin nous partons à la sauvette de très bonne heure vers l'aéroport d'Avignon, dans une Safrane de location. La honte que j'éprouve pour ma vie en charpie se mêle au manque de sommeil, je suis énervé.

Victoria pose ses pieds menus sur le tableau de bord. Je suis hors de moi : je déteste les traces d'orteils sur les pare-brise. De plus, pour pouvoir se vautrer confortablement sur son siège, les jambes en l'air, elle n'a, bien sûr, pas mis sa ceinture. Je m'arrête en rase campagne et, dans une scène digne des *Choses de la vie*, lui ordonne, paternel, de replier ses jambes et de se ceinturer. Elle obéit en râlant. Ça la sauvera quelques minutes plus tard.

Nous allons enjamber le Rhône, à Pont-Saint-Esprit ou ailleurs, mais j'aime l'idée de Pont-Saint-Esprit, parce que je crois à l'idée de jonction sainte entre pont et esprit.

Ne dit-on pas, dans la mythologie mazdéenne de l'ancienne Perse, que les hommes une fois morts se retrouvent à l'entrée d'un pont ? Une femme les y attend au milieu du parapet, de dos. Ils s'avancent et touchent son épaule. Elle se retourne. Si leur vie a été indigne d'être vécue, le visage qu'ils découvrent est impossible à regarder, tant il est hideux. S'ils ont vécu avec noblesse, c'est celui d'un ange.

Nous franchissons à bonne allure le carrefour qui mène au pont. À ma gauche une Golf, ignorant le stop, fonce sur nous. Merde, elle va nous emboutir par le flanc et nous allons y passer. Elle l'aurait fait si contrairement à tout ce que j'avais été jusqu'à cet instant de ma vie – un latéral, un furtif, un fuyard – je n'avais décidé, en un dixième de seconde, d'affronter. Au lieu de braquer à droite pour éviter, je braque à gauche en hurlant : « Enfant de putain, d'enfoiré de ta mère. » Par ce geste, venu, je ne saurai jamais d'où, je mets entre la Golf tueuse et nous la longueur du capot de la Safrane. L'impact est violent mais la voiture est sécurisée sur le mode germanique : les airbags jaillissent pour cueillir sans trop de heurts nos têtes catapultées en avant, les ceintures de sécurité à prétensionneurs explosifs se tendent et nous plaquent au dossier en crachant une odeur de poudre. La voiture est détruite mais nous sommes saufs. Le type d'en face y laisse une épaule et un bras cassés. Et nous, plus de peur que de mal. Désolé mon ange, ce n'était pas encore sur ce pont l'heure de l'éternité.

48

ELLE

Tu es parti avec une autre chez des amis. C'est ça que tu voulais me dire la veille, avant que je quitte la table et que tu me l'avoues au téléphone. Tu étais dans le Midi avec elle. Et si tu as envie de tout me raconter, c'est parce que tu as failli la tuer en voiture. Tu veux trouver un sens à cet accident, je peux t'aider, je peux comprendre ce qui t'échappe.

Mais je ne comprends rien du tout, moi, je suis aussi perdue que toi, et jalouse en plus, mais je ne le dis pas. Je me tais, j'écoute.

Tu racontes, le pont, la Golf, le choc, l'hôpital, la minerve. C'est quoi le sens de tout ça ? C'est quoi ? Je dis : « Tu n'aimes pas cette femme. » Je crois que c'est ça que tu voulais que je dise. Tu restes silencieux à l'autre bout du fil. Et puis : Et toi ? Moi, je suis là.

Je la croise à la télé quelques jours plus tard. Elle est belle. Très belle. De profil, avec sa minerve et ses cheveux relevés, elle ressemble à Néfertiti. On échange un drôle de regard. De la haine, oui, mais aussi la certitude mutuelle que nous avons gagné l'une contre l'autre. D'où l'arrogance et le refus réciproque de s'affronter.

Je l'observe attentivement de dos tandis qu'elle s'éloigne. Mon regard devient le tien. Je t'imagine en train de la regarder comme je le fais moi à cet instant. Elle connaît sa beauté, elle aime être regardée.

Un été (c'était avant de me connaître, n'est-ce pas ?), tu es parti avec elle et Sarah à Arès, sur le bassin d'Arcachon, tu m'as raconté ses longues jambes s'enfonçant dans la vase qu'elle tentait de décoller en vain, comme une mouette engluée dans la marée noire ; je voudrais la plonger dans la vase jusqu'au cou, et le serrer, le cou, le casser pour de bon, j'ai entendu la tendresse que tu as pour elle, celle que tu écris encore aujourd'hui.

Mais qu'est-ce qu'elles ont ses jambes ? Hein ? Qu'est-ce qu'elles ont ? Elles sont normales, tout à fait normales. Plutôt belles, je veux bien – tu vois je sais rester juste – mais exceptionnelles, alors, là ! Elles sont normales, comme elle.

49

LUI

Je pars en Roumanie avec Stan pour y tourner un spot humanitaire. Stan réalise gratuitement et met généreusement – il est producteur – à la disposition du projet, l'équipe qu'il avait constituée pour un film publicitaire.

Nous tournons dans un cinéma en ruine de Bucarest une scène où des enfants se battent entre eux pour s'emparer d'un stylo à plume que l'un a volé. Il finira par s'en servir comme d'un couteau pour frapper un de ses adversaires. Moralité, on l'aura deviné : apprenons aux enfants à écrire.

La vingtaine d'enfants qui participent au film vient pour la circonstance d'un orphelinat. Certains, abandonnés à la naissance par des parents que le régime de Ceaucescu avait précipités dans un dénuement total, ont grandi en bande dans les égouts.

Les éducateurs musclés qui les encadrent n'y vont pas par quatre chemins : quand un enfant tente de profiter du tournage pour s'enfuir, il est coursé, rattrapé, rapatrié au sein du groupe à coups de matraque.

Les gosses aiment bien Stan. L'un d'eux l'adopte, ne le quitte pas d'une semelle, colle sa petite main dans la sienne dès qu'il le peut. Nous allons nous occuper de ces enfants abandonnés, faire quelque chose, leur faire livrer des fringues, monter une association, on ne peut pas les laisser dans une misère pareille, etc.

Je nous vois, Stan et moi, suivre l'exemple de Don Miguel Manara, gentilhomme sévillan aux mœurs longtemps dissolues dont on dit qu'il inspira le personnage de Don Juan. Il avait vers la fin renoncé à tout et – découvrant la charité – fondé un hospice pour soulager les souffrances de ceux qui n'ont rien. Se jugeant indigne de tous, il avait ordonné qu'on l'enterre au seuil de la chapelle qu'il avait fait construire afin que sa tombe soit piétinée par le premier venu.

À Paris, trois semaines après, nous aurons tout oublié. Rien ne s'oublie plus vite que la misère des autres. N'est pas Don Juan qui veut.

50

Elle

Je n'arriverai pas à te persuader de repartir avec moi à Naples. Qu'est-ce qui te retient à Paris ? Une autre femme, bien sûr, mais pas seulement. Toujours chez toi, cette vieille peur de te faire manipuler, enfermer. Tu tiens les femmes à distance, toutes les femmes, surtout celles que tu préfères. Tu vois, je nous nomme au pluriel. J'ai compris que je ne pouvais pas être la seule dans ta vie.

Mais quand même : Naples ! Toi qui as été fasciné par la villa des Mystères, pourquoi n'y retournes-tu pas avec moi ? Pourquoi tu ne me rejoins pas ?

Non. Tu dis non. Jusqu'au bout tu diras non, je partirai seule. À Paris, ton emploi du temps s'allège pour d'autres conquêtes.

Stop. Impossible de parler ainsi de l'homme que j'aime. Ça ne m'intéresse pas d'écrire ça. Je déteste la jalousie. À Naples, elle m'a rattrapée, pourtant, surtout le soir, je ne peux pas lutter.

Je suis retournée à Pompéi. En février, les touristes sont peu nombreux, les rayons obliques du soleil donnent un reflet orange à la lumière, il fait bon, je suis la Gradiva. J'ai visité des villas qu'on n'avait pas vues la première fois parce qu'il faisait trop chaud, je me suis perdue dans les rues, je me suis tordu les pieds dans les rigoles, j'ai pu entrer dans le lupanar qui venait d'être restauré, je voulais me souvenir de chaque détail pour tout te raconter à Paris.

Et puis, je me suis dirigée vers la villa des Mystères. Elle est à la périphérie du site et il faut marcher assez longtemps pour y accéder. Sur le chemin, dos au soleil, je voyais ma silhouette s'allonger de plus en plus devant moi.

Voilà, toujours je serai ainsi, accompagnée de ma seule ombre. Et au lieu de puiser dans la solitude l'intensité de ce moment, j'ai été envahie par la tristesse et la faiblesse. Tout était lourd et notre histoire misérable.

Quand je suis arrivée, il n'y avait personne. J'ai circulé d'une pièce à l'autre, de l'atrium aux chambres, aux cuisines, la maison avait presque l'air habitée.

Les murs de la salle des Mystères étaient protégés par des piquets dorés et des galons de velours rouge comme ceux qu'on dispose devant les cinémas pour les premières. Je ne me rappelais pas ce détail, ça m'a déplu, je suis sortie. J'ai traversé les autres pièces, aucune n'était semblable ; les dimensions, la lumière, le thème des fresques à demi effacées, les rendaient toutes différentes. L'enthousiasme revenait. Je n'en finissais pas de circuler d'un endroit à l'autre, je voulais retrouver la puissance féminine que j'avais vue sur les murs dans la grande salle, avec toi. Justement, je la retrouvais dans l'ordonnancement des lieux, l'harmonie des volumes, les jeux de lumière, les ouvertures vers l'horizon, la quiétude de la pénombre. Cette maison était une maison de femmes, j'en étais sûre. Et tout ça était lié à toi, à nous.

J'ai découvert l'homme dans une minuscule pièce sombre, je crois que c'était l'arrière-cuisine. Il était replié en fœtus, couché sur le côté, il était petit, sa tête semblait plus grosse que le reste du corps ; il était tout noir, carbonisé par la lave du Vésuve. Le mystère était là, dans ce corps maintenu dans sa forme de vivant par les cendres qui l'avaient tué. J'ai retrouvé l'effroi, j'ai eu peur pour toi, pour nous. Les femmes, ces femmes de Rome, étaient trop fortes, ou la mort, ou ton absence, je ne savais plus. Je t'ai appelé sur ton portable, tu as répondu gaiement, tu avais oublié que j'allais à Pompéi ce jour-là, tu étais pressé, tu étais en conf, j'avais bien de la chance, on se rappellerait plus tard.

Je suis restée assise longtemps dans l'atrium, bercée par le bruissement des buis qui y étaient plantés. J'étais seule à sentir leur parfum. Parfum de fin du jour, mortifère et doux, où se mêlaient la grande douleur de mon amour pour toi et la vibrionnante certitude de notre éternité.

51

LUI

Je suis parti en Afrique avec ma fille Sarah, trois fois. Une fois en Sierra Leone, juste avant l'horreur, une autre en Tanzanie dans la grande réserve animalière du Serengeti. On traversait des villages. Des femmes sous des parapluies multicolores nous souriaient. Les Blancs ne savent pas sourire comme ça. Enfin au Club Med à Cap Skiring. Dix jours enfermés, ma fille et moi, chez les Bronzés en Afrique. Pas d'Africains, sauf dans les cuisines ou pour balayer. Au retour, à l'escale de Dakar, je risque par curiosité une tête hors de la zone de transit où nous sommes confinés et m'aventure dans le hall de l'aéroport. Je suis ébloui par l'élégance des femmes en boubous, le raffinement des drapés, l'art royal de mêler sur les têtes turbans et coiffures. Quelque chose me touche au cœur. Je reviendrai.

52

Elle

Nous deux à Venise. Enfin. La Salute, le Dorsoduro, San Marco, les *Zattere*, l'eau, l'odeur pourrie de l'eau surtout, tout est parfait. Quand on repart, je pleure. Je sais qu'à Paris tu vas reprendre ta vie entre plusieurs femmes, je serai une au milieu des autres. Ce doit être l'effet Venise, pendant ces deux jours j'ai été ta femme, je veux dire ton épouse, ta fiancée. Venise quittée, notre histoire redevient toute petite. Ne restent que les larmes pour prendre acte de la beauté disparue de ce court séjour. Je suis Ève chassée du paradis, où est la pomme ?

L'amour s'est enfui, je pleure. On est à l'aéroport, l'avion est annulé, je pleure, on prendra le prochain, on passe la journée à l'aéroport, je pleure toute la journée, je pleure aussi dans l'avion, j'oublie que j'ai peur tellement je pleure, tu arrêtes une hôtesse, tu lui dis : « Elle présente la météo à la télé, elle aimerait bien rendre visite au pilote. » Je suis invitée dans le cockpit. J'ai gardé mes lunettes de soleil, on est au-dessus des nuages, et je suis bouffie de larmes. Ma voix tremble quand je parle. Je renifle jusqu'à l'atterrissage. Il pleut sur Paris. Je n'ai pas ôté mes lunettes de soleil. Le copilote me jette de drôles de regards. Ces gens de télévision sont tous un peu frappés.

Chapitre 5

EXÉCUTION

53

Elle

Nous faisons la sieste à l'ombre d'un grand arbre. Tu dors, protégé par les larges branches et les petites feuilles qu'un vent léger agite. Il fait très chaud. De gros insectes bourdonnants frôlent parfois nos visages. Je veille. Je chasse une araignée qui court sur ton ventre nu, blanc.

Tu dis souvent que tu voudrais un autre enfant. Tu dis que c'est mieux d'avoir plusieurs enfants. Tu parles souvent de ton petit garçon prématuré qui est mort à l'hôpital quelques jours après sa naissance. Tu penses qu'il est mort par ta faute. Tu es allé le voir, et puis il a contracté un virus et il est mort. Tu penses que c'est toi qui as apporté le virus.

Tu dis que tu veux un nouvel enfant. Tu ne dis pas que tu voudrais un enfant de moi. Tu ne dis pas de qui tu voudrais un enfant. Tu ne t'en soucies pas. Tu veux un enfant pour toi, et pour ta fille. C'est ça que tu dis, tu le répètes tout le temps.

Nous sommes en haut d'un coteau. Devant nous s'étendent des rangées de vigne bien droites, dégagées des mauvaises herbes. Les grains de raisin sont tout verts, tout petits, acides sous la dent. Tu ronfles un peu. On voit des collines bleues au loin.

54

ELLE

Le petit cœur nage. Moi aussi. Nous sommes dans la piscine. Il est très tôt. Les rayons du soleil traversent les vitres et se reflètent dans l'eau. Nous sommes seuls, le petit cœur et moi. Lui nage dans mon ventre, moi dans l'eau. J'ai deux cœurs qui battent dans ma poitrine, le sien et le mien.

Le sien, je l'ai entendu hier pour la première fois chez le médecin. Je suis heureuse. Je n'ai jamais été aussi heureuse. Je porte son cœur et le mien. Le soleil joue avec l'eau, avec nous. Le petit cœur bat.

Je me souviens du mouvement de ton corps quand je te dis que je suis enceinte. C'est comme un ralenti de cinéma. Tu es debout dans l'embrasure de la porte, prêt à sortir de la pièce, je te parle de ma grossesse quand tu es encore de dos. Tu te retournes très lentement, cette lenteur pourrait être provoquée par une joie énorme.

Dans le mouvement pivotant qui ramène ton visage vers le mien, tes épaules se voûtent peu à peu. Quand enfin tu me fais face, je ne vois que la pâleur d'une immense colère, la haine dans tes yeux.

55

Lui

Nous allons dans une clinique de gauche pour te faire avorter. Il s'agit d'une grossesse très récente qui se règle avec un cachet. La gynécologue manifeste un agacement hostile. Je sens planer un reproche informulé.

L'exécution a lieu dans une petite chambre, avec un lit pour une personne. Je suis assis sur le lit, toi sur une chaise. Tu pleures. Une infirmière entre, nous donne un verre d'eau et un cachet. En pleurant, tu prends le cachet, bois une gorgée d'eau, déglutis.

Je sens toute la violence que tu viens d'engloutir en une fois, la vie qui ne viendra pas, l'implosion d'espoirs, le meurtre autorisé que nous accomplissons sur la personne qui n'est encore personne. Non parce que je suis catholique, mais parce que je suis amoureux. Je suis proche de toi à cet instant, proche dans la honte et le remords, mais proche. Proche et soulagé comme l'assassin quand la victime qu'il étreint cesse de bouger.

Le lendemain, je pars en vacances à Cuba avec un ami qui a failli mourir d'un arrêt cardiaque quand sa femme l'a quitté.

Chapitre 6

TOUS EN SCÈNE

56

Lui

Je rêve, alors que nous sommes sur le point de franchir ensemble le seuil où ce livre sort des limbes pour devenir une réalité – autrement dit le seuil des cent pages –, d'une scène. Une grande scène inévitable, irrémédiable, incontrôlable, impardonnable. Une scène pour lancer le cri de guerre qui les déclenche toutes : « Tu m'écoutes ? Mais tu vas m'écouter oui ou non ? »

Qui dit scène dit – dans le sens centrifuge – orage, brouille, départ, soulagement, bon débarras, c'est ça casse-toi ; puis – dans le sens centripète – regrets, pardon, excuse-moi, je ne sais pas ce que je disais, réconciliation, joie de se retrouver d'autant plus intense que le risque pris de se perdre a été assumé sans recul ni mauvaise foi. L'amour est fractal. Pour durer dans les corps et les âmes, il a besoin de ruptures. Un couple sans scène, ça n'est pas vraiment un couple, juste un pâle arrangement, entre fantômes.

La nécessité d'une union, pourtant si évidente aux yeux de ceux qui s'aiment, surtout si leur chair leur donne raison, n'existe pas. Il n'y a pas, il n'y a jamais nécessité d'être unis. Voilà pourquoi il faut la refonder sans cesse. C'est le rôle des scènes : fournir la preuve paroxystique que nous n'avons, quelque puissante que soit la force qui nous attire, rien à faire ensemble. Pour nous rejeter perdus et éperdus dans les bras l'un de l'autre, en nous rappelant douloureusement, comme Adam et Ève chassés du jardin de l'amour, que nous sommes inséparables.

Fais-moi une scène, une vraie, que je tremble à nouveau de ne plus rien comprendre ni à toi ni à moi et n'aie d'espoir de recoller le monde qu'à travers ton retour.

Allez. Tous en scène.

57

Elle et lui

Le salon de l'appartement de Thomas, vers huit heures du soir un dimanche de septembre 2009.

Chaises dix-huitième dépareillées, divan Récamier Directoire, lampes en métal rouillé sans âge ni style, achetées à prix excessifs, brocs égyptiens géants en fer-blanc martelés, bric-à-brac précieux et snob. Au fond, les fenêtres ouvrent sur des arbres.

La pièce résonne de trilles surhumains. Callas chante en boucle sur la chaîne stéréo « L'amour est un oiseau rebelle ». Une délicieuse odeur de veau mijoté à la tomate s'échappe de la cuisine, qu'on devine au fond, à gauche, et se mêle aux effluves d'un grand bouquet de mimosa posé sur une table basse au premier plan.

Au lever du rideau, assis sur un fauteuil contemporain confortable, son ordinateur sur les genoux, Thomas travaille au manuscrit de Si tu ne m'aimes pas… *Il est plus blanc et plus chauve qu'il ne l'était au chapitre I, quinze ans auparavant. Il a vieilli. Il porte des lunettes. Légère ressemblance physique avec Freud, Freud vieillissant, juste avant son départ à Londres.*

Ding-dong, *on sonne, la porte du fond s'ouvre, c'est Catherine, elle est habillée et maquillée comme à la télé, elle sourit, comme à la télé, elle est plus maigre qu'à la télé.*

Catherine : Bonsoir mon amour, ça sent bon chez toi, c'est quoi ?

Elle embrasse son crâne légèrement dégarni. Thomas, concentré sur sa pose d'écrivain, ne bouge pas.

THOMAS : Du veau.

CATHERINE *(étonnée)* : Tu ne voulais pas faire une canette ?

THOMAS *(renfrogné, façon Nietzsche à Turin)* : Oui. Eh bien c'est du veau. Je croyais que tu aimais ça. *(En aparté, saisi d'un tragique accès de vérité, au fond assez proche de ceux qui accablaient le philosophe moustachu.)* Un couple solide, c'est quelque chose qui s'enlise peu à peu dans une absence d'histoire.

CATHERINE : Tu as dit quoi, chéri ? *(Elle pose son sac à main et son écharpe sur une chaise.)* Tu ne veux pas baisser un peu la musique, on ne s'entend plus là.

THOMAS : Que veux-tu entendre ? Que notre amour n'est plus enfant de Bohème ? Je n'en peux plus de passer mes week-ends emmuré ici à écrire ce foutu bouquin ! Mais qu'est-ce qui nous a pris de signer ce contrat ? Tu trouves que c'est une vie : bureau toute la semaine dans ma petite entreprise chahutée par la crise, et le week-end, pour s'aérer : écriture. Merci pour l'aventure ! Et ne m'appelle pas « chéri ».

CATHERINE : Thomas je suis fatiguée, j'ai travaillé toute la journée, tu peux baisser un peu la Callas, s'il te plaît ? *(Thomas, toujours assis, étend le bras et éteint la chaîne.)* Je ne t'ai pas demandé d'éteindre, juste de baisser un peu.

THOMAS : La Callas c'est tout ou rien !

CATHERINE : Eh bien, d'accord, rien ! Ça me va très bien, rien !

Dans l'accalmie du silence retrouvé, Thomas fredonne sans regarder Catherine : « Songe, oui, songe en combattant qu'un œil noir te regarde et que l'amour, l'amour t'attend… »

CATHERINE : Et si on goûtait le veau ?

Catherine sort. Elle revient avec deux napperons, deux chandeliers et deux assiettes de chez Astier de Villatte. Elle met le couvert sur la console rustique dix-huitième qui sert de table. Thomas, toujours absorbé, n'a pas bougé. Elle allume les bougies, repart vers la cuisine. Quand il entend la porte du four s'ouvrir, il bondit, se lève, pose son ordinateur sur le fauteuil et se rue à son tour dans la cuisine.

THOMAS : Ne touche à rien, je m'en occupe.

Catherine revient dans la pièce, s'assoit, attend. Thomas entre à son tour, un tablier de cuisinière noué autour de la taille. Il tient, comme un trophée, le veau braisé dans sa cocotte en fonte. Il le pose sur la table.

THOMAS *(toujours renfrogné)* : Tiens, sers-toi.

Elle se sert. Lui ensuite. Ils mangent en silence. Puis :

CATHERINE : Délicieux ! Vraiment ! Tu as mis quoi qui donne ce petit goût herbu ?

THOMAS *(sur le ton bougon d'une gouvernante prête à rendre son tablier)* : De la sauge. Ce n'est pas un petit goût herbu, comme tu dis, c'est un goût d'aisselles. La sauge, c'est l'odeur des dessous-de-bras. Et j'en ai marre de faire la boniche.

Il se sert à boire, Catherine tend son verre, il la sert à son tour.

CATHERINE : Alors, qu'est-ce qu'on fait finalement ? C'est quoi notre livre à deux ? On en est où ? On voulait raconter l'amour comme il n'a jamais été raconté, c'était ça l'idée, non ? Les deux amants écrivent en même temps, tantôt sujets, tantôt objets l'un de l'autre. Regards croisés qui devaient percer le mystère amoureux…

THOMAS : Tu parles comme dans un livre ! *(Il se sert à boire.)*

CATHERINE : Mais non, je te cite. J'essaie de me souvenir de ce que tu as dit quand on a commencé. Je trouvais ça bien.

THOMAS : Tu as changé d'avis ?

CATHERINE : Je n'ai pas dit ça. Ne me coupe pas tout le temps. Laisse-moi parler. Donc, on devait pénétrer le mystère amoureux. Et qu'est-ce qu'on invente finalement ? Qu'est-ce qu'on a écrit jusqu'à présent ? Des reproches pour moi – j'écris des listes, les reproches ça finit toujours par des listes – et des confessions satisfaites pour toi, trop content de nager dans le stupre et la culpabilité.

THOMAS *(goguenard)* : Si je n'avais pas été infidèle, on aurait quoi à raconter ?

CATHERINE : L'amour, tout simplement ! L'amour, tu comprends ça ? Mais nous, on ne dit pas l'amour, on raconte ses ratés, et on est là, à s'émerveiller comme des idiots qu'il ait survécu à nos traitements destructeurs, moi dans la niaiserie mystique, toi, dans le cynisme érotique.

THOMAS : C'est ça, oui : toi niaiserie mystique, moi cynisme érotique. Ça t'arrange, non ? Ça protège ton image de me cantonner aux rôles sulfureux en pensées et en actes. Toi, tu n'as que de bonnes pensées et de bonnes actions, depuis que tu es toute petite. Comme tous les gens célèbres qui ont choisi la voie respectable. La voie du n'importe quoi, façon Paris Hilton, ça n'est pas ton style. Et puis ça te va bien, l'humilité convenue du style respectable : tu adores te poser en victime. C'est ton côté « Cent Millions d'Amis ». *(Il se sert à boire.)*

CATHERINE : Vingt millions d'amis. Vingt millions. Et c'est sur la Deux.

THOMAS : Pensons à tous ces pauvres chats et chiens, vingt ou cent, je m'en fous, pensons à Catherine-la-Victime. Elle aussi, elle a le droit de ronronner devant une cheminée. Ma pauvre petite Catherine.

CATHERINE *(à mi-voix)* : Vieux con !

Long silence. Catherine, entre deux bouchées, s'absorbe dans la contemplation des flammes des bougies, Thomas semble poursuivre un monologue intérieur qui, par moments, le fait soupirer ou rouler des yeux en tripotant son couteau. Il se sert à boire.

THOMAS *(Sur un ton mi-prophétique, mi-pathétique)* : Tout raté, nous avons tout raté. Tu as raison, on ne parle pas d'amour, on parle de ses ratés. On n'a jamais rien su faire, ni nous trouver, ni nous perdre, ni nous construire, ni nous détruire, ni nous prendre, ni nous laisser, ni nous éprendre, ni nous déprendre, ni nous comprendre, ni nous surprendre, ni nous engager, ni nous dégager, ni partir en week-end, ni rester à Paris. On est les Ninous. Ce soir dans votre ville, les Ninous et leur numéro de trapèze dans le vide intégral !

CATHERINE *(le nez dans son assiette)* : Ça manque pas un peu de sel ton veau ?

THOMAS : On ne pourrait pas être Jean-Paul et Simone, Bernard-Henri et Arielle, Philippe et Julia, Nicolas et Carla, Françoise et Jean-Claude ? On ne pourra jamais devenir un couple célèbre, bien porté/bien portant. Je n'ai aucune chance avec toi, de rien. Tu es au lit à neuf heures et fatiguée quand tu te réveilles. Impossible de faire un dîner si je ne m'en occupe pas. On n'est pas un couple. J'en ai marre de me retrouver toujours avec le tablier de ta grand-mère.

CATHERINE : De la tienne, tu veux dire.

THOMAS *(Il parle de plus en plus fort)* : Je n'ai aucune chance avec toi de rien, on est l'exemple de rien, on est l'apologie de rien, on ne rime à rien. *(Il se sert à boire.)*

CATHERINE : Ça va, ton lamento sur le couple, j'en ai marre, je m'en vais. *(Elle se lève.)*

THOMAS : Non, tu vas m'écouter, tu m'entends, tu vas m'écouter jusqu'au bout.

CATHERINE *(Elle bâille avec ostentation)* : J'ai sommeil, je voudrais aller dormir.

THOMAS : Tu t'ennuies ? Moi aussi. Surtout avec toi. Tu ne vois pas que c'est fini ? FI-NI. Je te jure, le jour où on écrit le mot « fin » de ce livre, je me casse.

CATHERINE : C'est ça, casse-toi, moi je vais me coucher.

Elle se dirige vers la porte d'entrée.

THOMAS : Attends, je n'ai pas fini !

CATHERINE (*Elle s'arrête brutalement*) : Où sont mes clés ? Mes clés, où je les ai posées ? *(Elle farfouille dans son sac, elle tourne le dos à Thomas.)*

THOMAS : Attends, je te dis !

CATHERINE *(Elle se retourne vers lui. Elle n'est plus du tout fatiguée)* : Mais qu'est-ce que tu veux que j'attende ? Tous les soirs tu m'expliques qu'on a tout raté, que le pire est devant nous, que tu t'ennuies avec moi et que tu ne supportes pas que j'aie sommeil. Tous les soirs tu répètes qu'on n'est pas un couple !

Tous les soirs ! Tu sais quoi ? Tu devrais arrêter de parler de couple. Tu n'y connais rien. Rien. Tu méprises qu'on en soit un, et tu méprises qu'on n'en soit pas un. Tu craches sur tout ce qu'on a construit tant bien que mal pendant quinze ans. *(Il ricane.)* Oui, c'est ça, marre-toi ! Tu as raison d'ailleurs, on n'a rien construit pendant ces quinze années. Rien.

Elle sort de son sac une cigarette qu'elle allume à la flamme d'une des bougies sur la table et s'assoit. Il se met à tousser théâtralement, en agitant sa main pour dissiper le nuage toxique.

THOMAS : Ah ! Non ! Pas chez moi ; chez moi on ne fume pas. Si tu veux te choper un cancer, tu vas fumer chez toi.

CATHERINE : J'irai chez moi quand j'aurai terminé ma clope. Je pars quand je veux. C'est moi qui décide.

THOMAS : Comme de tout ici, j'ai remarqué.

CATHERINE : Écoute bien. Tu ne vas pas continuer, ce soir ça ne marche pas. Je vais chez moi écrire d'abord, dormir ensuite, c'est assez dur comme ça, je n'ai pas besoin de tes insultes.

THOMAS : Mais tu peux dormir tout de suite ! Tout le monde s'en fout que tu écrives ou non ! Tu n'es pas là, dans ce livre comme ailleurs, pour être lue, mais pour être vue. Ne fais pas l'idiote, tu le sais très bien. Tu vendras ce livre parce que tu as une image. Et que des légions de voyeurs et de voyeuses veulent savoir ce qu'elle cache. C'est fini la littérature, c'est devenu un art mineur, marginal. Qui a le temps de lire ? Qui prend le temps d'écrire ?

Il se sert à boire. Catherine a éteint sa cigarette et retrouvé ses clés au fond de son sac. Elle se lève.

CATHERINE : J'y vais.

THOMAS : C'est ça, va-t'en, et ne claque pas la porte, s'il te plaît. Elle aussi, elle est vieille.

CATHERINE : Tu es vraiment odieux, je ne remettrai plus les pieds dans cette maison, je t'enverrai mes textes par mail.

THOMAS : Riche idée ! Mais avant de disparaître, accorde-moi encore une seconde d'attention, j'ai une toute petite chose à te dire.

CATHERINE *(Exaspérée)* : Dépêche ! *(Elle prend son écharpe.)*

THOMAS *(Il parle lentement en détachant les mots)* : Je n'aime pas du tout la manière dont tu parles, au chapitre IV, de Victoria. Je trouve insensée ta jalousie inextinguible, pour une histoire terminée depuis quinze ans. Elle te conduit à écrire des phrases sur ses jambes ou son cou qui sont, pour moi, autant d'intrusions vulgaires et inadmissibles dans la trame de ma vie personnelle et privée.

CATHERINE : Ah ! Alors ça, c'est incroyable ! Je n'y suis pas, moi, dans ta vie personnelle et privée, peut-être ? Et toi, tu n'es pas dans la mienne ? Et tu trouves tout à fait normal de raconter tes histoires de cul avec d'autres, dans *notre* livre ? Tu es bête ou tu le fais exprès ?

Elle le regarde avec mépris. La rage glacée de Thomas s'en trouve réchauffée, jusqu'à l'incandescence.

THOMAS : Tu peux toujours me regarder ! C'est exactement ce que je ressens. La vie en couple me dégoûte : un double délit perpétré en toute impunité à chaque instant, une double atteinte à la vie privée de l'un par l'autre à coup de : « T'es où, T'as mangé quoi ? Tu prends un verre avec qui ? Tu rentres quand ? » *(Elle ouvre la porte)* Où tu vas ? *(Il hurle)* Où tu vas ? Tu veux te tirer ? Sortir de ce texte ? Claquer la page ?

Elle sort.

THOMAS *(à mi-voix)* : Casse-toi, tu reviendras, je le sais, je suis sûr de te retrouver au chapitre suivant.

Catherine a laissé la porte grande ouverte derrière elle. Thomas ne bouge pas. Il a l'air accablé. Longtemps, il reste assis à table, seul, contemplant d'un œil fixe à la lueur d'une bougie qui achève de se consumer la cigarette que Catherine a plantée dans la sauce figée du veau à la tomate, au milieu de son assiette Astier de

Villatte. Monument minuscule et ignoble érigé en hommage à leur histoire désespérante, au centre de la délicate céramique en terre noire façonnée à la main, émaillée selon une tradition immuable depuis 1792.

Puis il se lève pesamment, referme la porte avec précaution sans pousser le verrou, ramasse les assiettes et part dans la cuisine. On l'entend qui range.

Catherine réparaît. Elle lance dans sa direction :

CATHERINE : J'ai oublié la recharge de mon portable.

Elle traverse la pièce et se dirige vers la chambre à coucher.

RIDEAU

Chapitre 7

PING-PONG

58

ELLE

Il est rentré de Cuba la semaine dernière. Il m'a appelée tous les jours quand il était là-bas. On se parlait comme si c'était la première fois qu'on était séparés, arrachés l'un à l'autre. Depuis qu'il est rentré, il appelle moins. J'attends. La distance entre la rive droite où il habite et la rive gauche où je suis semble plus infranchissable que l'Atlantique. Je ne suis pas pressée. Je suis en réparation. Tout mon corps est meurtri par le sacrifice de cet enfant qui ne viendra pas, la douleur du sacrifice. Nous n'en parlerons plus jamais.

Le cours des jours reprend, comme nos tentatives pour nous perdre et nous retrouver.

59

Lui

Cuba pour moi c'est à jamais la salsa avec le cri du cochon. Nous sommes, mon ami chagriné et moi-même, invités à recevoir dans la cour fleurie d'un hôtel l'aubade d'un groupe de musiciens, sur la route qui va de La Havane à Trinidad. Guitare, contrebasse, vocaux, tumbas et maracas, exposent un thème chaloupé, jusqu'à un break. Dans le silence suspendu retentit, incongru, le couinement atroce d'un cochon qu'on égorge à côté. La musique repart. Aussi inoubliable que le break de Parker sur *Night in Tunisia*, ou celui de Hendrix dans *Message to Love*. Parfois, la musique, dans un combat mortel, règle son compte au silence.

60

Elle

Je voudrais qu'il me donne ses clés. Oui, je sais, il ne faut pas lui demander comme ça de but en blanc. D'ailleurs je pense qu'avec cet homme, il ne faut jamais demander les clés. Quoi qu'il arrive.

Mais bon, chez lui, c'est spécial : il habite au deuxième étage, et il y a une porte en bas qui isole l'escalier de la cour. Or, cette porte n'a ni digicode ni interphone. Donc, chaque fois que je viens le voir, il faut qu'il descende pour m'ouvrir cette porte. Ce serait beaucoup plus simple si j'avais la clé. Beaucoup plus simple. Je ne demande pas la clé de chez lui, non. Seulement celle de l'escalier. Je ne sais pas si je vais oser.

61

Lui

Ça n'est pas la première fois que je suis victime d'une demande de clé. Victoria m'avait mis, à l'époque où elle s'était installée dans ma vie, une forte pression sur le même sujet. De guerre lasse j'avais cédé. Je me souviens m'être accroupi pour déposer ma clé dans son sac à main, ouvert sur la moquette. Au moment de me relever : impossible, mon dos s'est bloqué et me fait atrocement mal. Je roule sur le côté. Il faudra la venue d'un médecin et une piqûre puissamment antalgique pour me délivrer.

Il y a vraiment des choses qui me bloquent.

62

Elle

Il m'a offert des fleurs. Il pense que les hommes doivent offrir des fleurs aux femmes. Parce qu'elles aiment ça, les fleurs, les femmes. Les femmes et les fleurs, ça va ensemble. Elles sont flattées, les femmes, qu'on les compare à des fleurs. Ça les console. Il pense qu'il faut consoler les femmes. Il ne sait pas au juste de quoi. Elles, si.

63

Lui

Une femme est une fleur qui saigne. Je suis toujours venu voir les femmes avec un bouquet de fleurs à la main. Ma mère adorait les fleurs, il y avait chez elle toujours de grands bouquets champêtres, joliment arrangés par ses soins : roses de jardin, iris, lilas, chèvrefeuille. J'ai hérité de son goût ; il m'est impossible de vivre sans fleurs. Quand j'étais enfant, elle s'est accidentellement ouvert les veines du poignet droit avec les éclats d'un grand vase en verre qui s'était brisé dans ses mains. C'est du moins la version officielle dans ma famille. On disait aussi qu'elle avait perdu beaucoup de sang. Je ne me souviens plus de l'accident, je devais avoir trois ans. Mais elle m'a toujours montré sa cicatrice au poignet avec trop de fierté pour que je ne soupçonne pas qu'elle avait en fait tenté de se tuer.

Elle avait de quoi : l'homme qu'elle aimait et qui l'avait cachée, enfant, pendant la guerre, l'avait plaquée enceinte peu après la Libération. Elle avait seize ans et s'était résignée à épouser un bel homme aux yeux bleus, dépressif profond.

Il avait de quoi : toute sa famille avait été exterminée par les nazis pendant qu'il était en captivité. Pour mettre l'horreur entre parenthèses, il avait décidé de m'adopter, à ma naissance toute proche. Elle avait accepté.

64

Elle

Il aime l'eau. Il va à la piscine tous les soirs. Il dit que c'est pour rester en forme. Ce n'est pas vrai. C'est à cause de l'eau. Il a besoin de l'eau. Tous les jours. C'est son élément naturel. Il est comme un poisson dans l'eau. Et dans l'air, parfois, il est comme un poisson qui manque d'eau. Il s'agite, il boit du champagne, il s'ennuie. Il est un poisson devenu homme. C'est un homme sirène. Quand il fait l'amour, il retrouve la grâce de l'eau, la lenteur, l'harmonie, le silence. Son corps est traversé d'ondulations minuscules, de spasmes lents. Et puis il crie, il surgit, dans l'air, le bruit, le mouvement du monde.

65

Lui

Ce n'est pas la première fois que j'apparais totalement dévêtu dans un livre. On peut me voir également dans le plus simple appareil à plusieurs reprises dans *Le Diable détacheur*[1], le premier roman de Gwenaëlle Aubry. J'y suis Luc, son amant, le deuxième personnage après elle, la narratrice. Ça me fait drôle de sauter d'un livre à l'autre à travers le temps. Surtout tout nu. Mais c'est ainsi, aujourd'hui les femmes écrivent leur désir. Elles ne sont plus seules à se retrouver, comme autrefois, en tenue d'Ève dans des livres d'hommes. Ça ne me gêne pas. Si on n'écrit pas, quand on écrit sur soi, pour se dénuder, pourquoi écrit-on ?

1. Actes Sud, 1999.

66

Elle

Les plages de l'Atlantique à Noël avec les enfants. Tu te souviens ? Il fait doux au soleil. Loin de nous, les surfeurs habillés de noir glissent sur l'écume. Ma toute petite te photographie dans le soleil. Ton visage est à contre-jour, la lumière aveuglante semble venir de tes cheveux roux, tu regardes vers le bas, vers elle. Tu lui souris. J'ai acheté des frites dans une barquette en plastique. Avec de la moutarde pour moi, du ketchup pour les filles. Le vent dépose un peu de sable qui se mêle aux grains de sel. Elles sont bonnes, ces frites. Tu es dégoûté.

67

Lui

Si l'on pouvait se souvenir de toutes les cartes postales qu'on a envoyées, de tous les instantanés qu'on a pris, de tous les baisers qu'on a donnés ou reçus, avec autant de netteté que tu te souviens de cette scène, on serait Dieu ou l'un de ses proches, on saurait attribuer à chacun sa petite place dans l'éternité. Je t'envie de savoir faire ça, ange du minuscule.

68

ELLE

Ce qui demeure de lui quand j'en suis longtemps séparée, c'est aussi le souvenir de sa peau. Blanche. Transparente. Dense. Liquide plutôt que matière. Peau laiteuse, peau de lait. Peau transparente, peau de lumière. Peau odorante et tiède. Peau translucide qui échappe à mes doigts, à mon nez, à ma bouche. Souvenir ébloui.

69

LUI

Tu as la science d'être partout dans ma vie parce que tu n'es pas au centre. Tu m'entortilles dans une délicate broderie faite de l'absence et du désir où les creux valent autant sinon plus que les pleins et annihile ainsi toute tentative que je ferais pour être autre chose que ta proie. Tu tisses ta toile pour mieux me dévorer. Tu es une araignée.

70

Elle

Il arrive que je l'envoie promener. J'en ai besoin. Besoin d'être seule, absolument seule. Ne plus être tenue, retenue par lui. Libre. Seule. Pas trop longtemps. Juste un peu. Juste le temps de retrouver avec mon esprit et mon corps ce qui ne se partage pas, et qui sera là, qui sera moi au moment de mourir. Ce n'est pas triste. C'est même tout à fait réjouissant. Je retrouve ce que nous avons amassé ensemble et que nous ne pouvons pas compter ensemble. C'est mon trésor. Il a le sien. Ils se créent ensemble et sont toujours séparés. J'apprends de lui et de moi, il apprend de moi et de lui. C'est le mélange qui fait le trésor. Le sien et le mien. Le mien, j'y baignerai sans lui quand je perdrai la vie. C'est pour ça que j'ai besoin d'être seule, parfois.

71

LUI

C'est très visible dans la version hystérique de Casals, ça l'est aussi dans la version probe, mâle et parfaite de Tortellier, puis ça s'amenuise au fur et à mesure que les interprètes se dévirilisent et perdent le pouvoir de prendre la démence mystique de cette musique *Under my Thumb* – le prélude de la *Sixième Suite pour violoncelle* de Bach est le morceau de musique qui ressemble le plus à un orgasme féminin.

Énervé, trillé, vrillé dans un mouvement ascendant de fuite vers les aigus, sonnerie d'une allégresse inlassable mais toujours rattrapée par les notes basses et profondes d'un chant jamais seulement clitoridien, jusqu'à l'apaisement final né de l'exaspération, de la soumission, de la rémission. Merci Seigneur. Merci Señorita.

72

Elle

« L'homme propose et la femme dispose. » Je lisais cette maxime inscrite en lettres noires sur les assiettes collées aux murs du restaurant où nous emmenaient nos parents une ou deux fois par an. C'est la première définition de la différence entre les hommes et les femmes que j'ai apprise seule, en lisant silencieusement sur les murs. L'abîme du mystère de l'amour s'entrouvrait. J'ai su beaucoup plus tard comment on faisait les enfants.

Je ne suis pas sûre de ne pas toujours la considérer au fond de moi comme une vérité dont je ne me débarrasserai jamais. Vieux chewing-gum de la pensée : « L'homme propose, la femme dispose. » Malgré toutes mes convictions sur la libération des femmes, elle a résisté à mes histoires d'amour. Jusqu'à toi. Toi, ça t'a fait rire, ou ça t'a excité, ou les deux.

Quand tu proposes, c'est toujours pour de l'amour, en plus, en mieux. Et moi, je dispose, ça me plaît.

73

Lui

Ça, c'était avant, quand les hommes et les femmes étaient vraiment différents. Quand les hommes faisaient la guerre et pas les femmes. Quand les femmes étaient du désir muet. Tout ça est fini, sans être fini. Tu devrais avoir un toy-boy, si tu étais moderne, ou faute de mieux un sex-toy, version plastique du précédent. Il y a en Occident une hypertrophie du féminin qui ne correspond à rien, si ce n'est à la disparition des mâles. Franchement, à part les homos, qui s'intéresse aux mâles ?

74

Lui

— Qui s'intéresse aux mâles ? Les femmes, tiens, les femmes !

75

Elle

Je voudrais qu'il n'y ait aucune bassesse entre toi et moi. Rien de vil. Je ne parle pas des grossièretés, des obscénités. Le vil, le sale, le bas, ce n'est pas ça. Le sale, c'est quand je t'en veux, ou que toi tu m'en veux. Quand nous ne sommes pas à la hauteur. À la hauteur de nous. Nous devenons des monstres rabougris, tout secs. Nous n'avons plus rien à nous dire. Nous essayons juste de nous faire le plus de mal possible.

76

LUI

Nous ne nous supportons pas au quotidien. Quels que soient les rares efforts que nous avons faits pour nous démontrer le contraire, nous avons de longue date pris la décision qu'à part l'amour, nous n'avons rien à faire ensemble. Cette décision fait de nous un couple célibataire, un couple en apesanteur, sans rapport avec la réalité, sans relation avec l'ennui qu'elle finit toujours par engendrer.

J'ai vu, adolescent, un film japonais primé à Cannes d'une esthétique monotonie : *L'Île nue*. On y voyait un couple de paysans pauvres affronter sans se plaindre l'éprouvante continuité d'une vie rude. Affronter l'éprouvante continuité, pour le meilleur et pour le pire. Se marier pour les impôts, déposer les petits à l'école en partant au bureau, organiser les anniversaires, s'offrir – il était temps – un week-end en amoureux, consulter un sexologue. Autant monter au sommet de l'Île nue, avec sur son dos les pierres de la plage, pour construire des murets.

77

Elle

Il se trouve gros. Surtout quand il est debout. Quand il est couché, le ventre s'étale, on le voit moins. Dès qu'il se lève, il se regarde dans la glace et tente de se trouver pas gros. Il rentre imperceptiblement le ventre, écarte un peu les bras, se redresse, relève le menton et déclare : « Je ne suis pas si gros dans le fond. » Ce n'est pas si mal, il suffirait qu'il perde trois, quatre kilos de ce gras qu'il y a en lui. Il dit que c'est le gras de la renonciation, le gras de la résignation, le gras de la soumission, le gras du à-quoi-bon. C'est joli, on dirait une chanson… Quand il est très content, il se regarde même de profil, mais pas longtemps. J'aime qu'il déambule nu devant moi. Et il aime que je l'observe ainsi, tout nu. Je le trouve très beau. Je l'encourage. Il est très joyeux. Il chante en hurlant, les mains sur les hanches, le ventre en avant, comme un ténor italien : le gras de la renonciation, le gras de la résignation, le gras de la soumission, le gras du ah du ah du à-quoi-bon.

78

LUI

C'est drôle de se regarder l'un et l'autre du point de vue des phrases que l'un ou l'une écrit sur l'autre. Ça déplace. Mais ça donne envie de continuer.

79

Elle

Il a peur d'être pauvre. Il craint la pauvreté comme on craint la maladie, et il n'y a pas de vaccin. La lutte est donc permanente. Il gagne bien sa vie. Mais l'argent file vite. L'argent n'est pas un rempart contre la pauvreté. Tout juste une mascarade, une diversion. La pauvreté l'emporte toujours. Il le sait.

80

LUI

Un ami philosophe, chercheur au CNRS, constate au vu de ma carrière : tu as choisi le fric. Il n'a pas tort, mais c'est un choix tardif. Nous passons l'agrégation de philosophie avec succès à 23 ans tous les deux en 1969, je n'entre dans la pub qu'en 1980. J'ai commencé par enseigner puis me suis dit : lycéen-pion-prof-mort, ça ne va pas le faire.

Je suis parti – au grand étonnement de mes maîtres. J'ai fait tout et n'importe quoi : de la gravure, de l'aquarelle, des piges à *Qui Police*, des traductions, un essai sur Thésée, de la peinture d'appartements, du débroussaillage de châtaigneraies. Une vie qui partait dans tous les sens, où je courais après ma survie, perdu dans mes rêves. Une vie de Figaro. Une vie de raté.

À 33 ans, une billetterie me refuse du cash : trop à découvert. Je me dis : ça ne peut plus durer. J'écris dans *Marie-Claire* des publi-reportages sur les poches sous les yeux, les vergetures et la ptose mammaire. Une femme – moi – y parle aux femmes de leur souffrance avec des accents bouleversants de sincérité. Je rencontre un rédacteur dans une agence. Il me confie être l'auteur masqué de « Osons parler de la sécheresse vaginale », un publi-reportage concurrent du mien.

Grâce à lui, j'entre dans la pub, étonné et ravi qu'on puisse gagner si facilement autant d'argent en écrivant des phrases.

81

ELLE

J'ai des soucis d'argent. Je voudrais que spontanément, tu me dises : « T'inquiète pas, poulette, je suis là. » J'adorerais que tu m'appelles poulette dans cette occasion. Mais tu ne saisis jamais cette chance. Tu détestes que j'aie des soucis d'argent. Ça t'angoisse. Pour moi. Pour toi. Nos solitudes se heurtent, cloisonnées par l'argent qui pourrait manquer, qui va manquer. Au secours ! T'inquiète pas, poulette, il est là !

82

LUI

Je t'aiderais avec plaisir, mais je suis malheureusement très à découvert ces temps-ci.

83

Elle

Je fais beaucoup de scènes. Mes colères arrivent d'un coup, énormes, inattendues, ridicules. Je gesticule, je parle vite et fort. Mon discours est cohérent, argumenté, articulé, idiot. C'est l'idiotie de la colère. À la fin, comme il faut trouver une sortie musicale qui souligne combien il a tort et comme j'ai raison, je quitte la place en claquant la porte.

Une fois dehors, le silence, le noir, la solitude, je suis dégrisée d'un coup. Je cours jusqu'à ma voiture, et m'y engouffre précipitamment comme je me jetais petite dans les bras de ma mère. Mon Austin m'embarque pour un tour de manège sur la rive gauche, vers chez moi. Je pleure bruyamment. Le tour terminé, je retraverse la Seine, monte chez lui, à bout de fatigue, nauséeuse. Il me prend dans ses bras, on ne dit rien, j'ai terriblement sommeil.

84

Lui

Je n'ai plus rien à dire sur les scènes, on a déjà fait un chapitre sur le sujet. Mais tu n'as pas tort d'y revenir : on s'en est fait tellement et toutes tellement semblables. Idem pour nos ruptures. On a rompu tant de fois que plus personne n'y croyait. Je me souviens de la réaction de ma fille chaque fois que je lui assénais ma litanie triste.

« Oh, tu sais, c'est mieux comme ça. On s'est quittés, pour de bon cette fois, ça ne pouvait plus durer, c'était devenu invivable. Je peux savoir ce qui te fait rire ? »

85

Elle

Dans l'état d'amour, quelque chose de très doux, de très bouleversant, grandit silencieusement au-dedans de soi, se transforme, naît, sans que le corps sorte de sa merveilleuse passivité. Je suis dans la merveilleuse passivité.

86

Lui

Et voilà ce que Madame Guyon écrit de la fidélité spirituelle de l'âme à Dieu, dans *Les Torrents*[1] :

« Mais que faut-il faire pour être fidèle ? Rien et moins que rien. Il faut se laisser posséder, agir, mouvoir sans résistance, demeurer dans son état de nature et de consistance, attendant tous les moments et les recevant de la Providence sans rien attenter ni diminuer, se laissant conduire à tout sans vue ni raison, ni sans y penser, mais comme par entraînement, sans penser à ce qui est de meilleur et plus parfait, mais se laissant aller naturellement à tout cela, demeurant dans l'état égal et de consistance où Dieu l'a mise, sans se mettre en peine de rien faire, mais laissant à Dieu le soin de faire naître les occasions et de les exécuter, non que l'on y pense par abandon et délaissement, mais l'on y demeure par état. »

Long état de langueur de la fidélité, on dirait toi.

1. Jérôme Millon, 1992.

87

Elle

Il répète à l'envi qu'il y a quatre grands types de femmes : les belles qui se trouvent belles, les moches qui se trouvent belles, les moches qui se trouvent moches et les belles qui se trouvent moches. Selon lui, le pire est dans la catégorie un et deux. Je me demande où il m'a rangée, moi qui ne me suis jamais trouvée belle et qui, de fait, ne le suis pas.

88

Elle

Mon portable sonne. Ton nom s'affiche, j'entends « Allô », ce n'est pas ta voix, c'est une autre, différente mais aussi familière que la tienne, ça y est, je sais, je reconnais la voix de mon homme d'avant. Vous venez de vous croiser avenue de l'Opéra. Par hasard. Vous vous connaissez à peine et pourtant, tous les deux, vous êtes mes intimes. Il me dit bonjour. Drôle de voix. Légère, cassée, un peu enfantine. J'entends ton rire, au loin, dans le bruit des voitures. Il n'est pas à l'aise, moi non plus. Je me rappelle que j'aimais beaucoup sa voix.

89

Elle

Ses poils me manquent, sa large poitrine, le poids de son bras sur mon flanc, sa peau humide dans ma main, l'acidité de ses dessous-de-bras, son odeur, son poids. Toute sa virilité me manque.

Pas de trace d'homme chez moi, pas même une chaussette sale.

90

Lui

Tu parles de qui là ? Du mec avant moi ou de moi ?

91

ELLE

Il m'ennuie. Ou plutôt, je m'ennuie avec lui. Je ne sais pas pourquoi. L'ennui, c'est la nécrose, la névrose, la rouille, le cancrelat. Cet ennui qui s'insinue lentement, inexorable, me dégoûte. Je ne sais pas comment le chasser. Je me dégoûte. Je m'ennuie. Mon homme m'ennuie. « Qu'est-ce que j'peux faire ? j'sais pas quoi faire. » Un pied dans l'eau, un pied sur le sable.

92

Lui

Pour moi, l'ennui a un son très précis, c'est celui de l'orgue.

J'ai passé, dès dix ans, les trois quarts de mes jeudis d'enfant, au cinéma, seul, avec pour copains, Randolph Scott, Richard Widmark, Tab Hunter, Allan Ladd, Sterling Hayden, Kirk Douglas.

Au Gaumont Palace, immense salle de la place Clichy, colossalement dépeuplée quand j'y allais en matinée, je voyais au loin, à l'horizon d'une mer de fauteuils vides où naviguait ma solitude, surgir de sous la scène, devant le rideau géant de réclames fluo, un organiste en smoking blanc. Il était aussi seul que moi. Il déclenchait en s'élevant, sous les feux d'une lumière de cabaret, les outrances acidulées de son orgue triste. Je m'ennuyais, Dieu que je m'ennuyais pendant l'entracte.

Depuis, dès que je m'ennuie, j'ai l'impression que quelqu'un joue de l'orgue en sourdine dans ma vie comme dans un *funeral parlor*.

J'éprouve également dans l'ennui conjugal des migraines allergiques assez proches de celles que provoque en moi, comme chez pas mal de gens, le colorant rouge contenu dans la peau des saucisses de Strasbourg.

Mais avec toi, ça ne m'est encore jamais arrivé, ni l'orgue ni les saucisses.

93

ELLE

Tu m'as emmenée voir *Titanic*. Je ne voulais pas. Je te répétais que je connaissais la fin et j'ai horreur des films qui finissent mal. Tu as insisté. On y est allés. Salle panoramique. Comme si on y était.

Je ne connaissais pas la tragédie du *Titanic* quand on prenait le *Queen Elizabeth* pour aller aux États-Unis. Heureusement.

Maman, si. C'est sans doute pour ça qu'elle restait couchée dans la cabine pendant les cinq jours de la traversée. Elle craignait qu'on rencontre des icebergs. Je me souviens, on les voyait qui se déplaçaient lentement sur la ligne d'horizon. C'était beau. On les regardait à la jumelle. Mon père n'avait pas peur, alors moi non plus.

Donc, un soir, on va voir *Titanic* sur les grands boulevards. Après le naufrage, avant que le bateau coule, le héros répète à la jeune fille : *Hold my hand*, « Tiens ma main », et c'est comme ça qu'elle est sauvée.

Quand on sort du cinéma, on se tient la main. Fort. On ne coulera pas. Une femme nous croise dans la rue. Elle crie vers nous : « Je vous aime ! Je vous aime tous les deux ! » Elle a vu. Son cri me porte longtemps.

94

Lui

Elle déteste le cinéma. Ou du moins les conditions qu'elle met pour supporter de voir un film sont telles que j'ai renoncé à l'y emmener.

Pas de violence, ça lui fait peur.

Pas de catastrophe, ça lui fait peur.

Pas de colonnes de nazis motorisés manœuvrant au son de roulements de tambours étouffés, comme dans tous les bons films de Seconde Guerre mondiale, ça lui fait peur.

Pas de serial killers, ça lui fait peur.

Pas de gangsters, non plus. Ni d'agents secrets prêts à torturer tout le monde pour sauver l'Amérique.

Il reste quoi ? *Le Monde de Narnia* ? Ça l'ennuie.

Les drames psychologiques français ? Voilà, ça, elle aime. Moi, j'évite. On a déjà les nôtres.

95

Elle

Comment finira notre histoire ? Chacun notre tour nous brandissons la menace de la lassitude, de l'ennui, de la trahison… Train fantôme qui nous rejette dans les bras l'un de l'autre. Chez nous, la rupture est un épouvantail de foire.

96

Lui

Je les ai, ma vie durant, toutes plantées là avec leur amour-toujours. Sauf toi. Pourquoi ? Pour ce « sauf » qu'on retrouve dans le sain et sauf des naufragés. Ce n'est pas un hasard si Tristan et Yseult tombent amoureux sur un bateau : l'amour, contrairement à l'amitié, a besoin de naufrages.

97

ELLE

J'ai la vie que je voulais. J'ai mis du temps à m'en rendre compte. Mais oui, c'est bien cette vie-là que je voulais avec lui. Ce n'est pas la vie que j'avais rêvée, non, c'est la vie que je voulais, la vie qui me va. C'est mieux que la vie rêvée. Les rêves sont toujours entachés des espoirs inaboutis des autres, de ceux qui nous ont précédés. J'ai retrouvé leurs rêves contrariés dans mes chagrins d'amour.

98

Lui

On porte toujours en nous nos amours mortes, à l'affût, comme des spectres errant dans les allées de nos amours vives et prêts à les dévorer.

99

Elle

Les fantômes de nos familles se ressemblent. Les siens et les miens. Ce sont presque les mêmes. Nous sommes leurs enfants. Il est mon frère, je suis sa sœur, nous nous sommes reconnus.

« Songe à la douceur d'aller là-bas vivre ensemble. »

Nos parents viennent de la guerre, de la Résistance et du massacre des Juifs. Nos parents sont des héros : ma mère, son oncle, sa grand-mère, nos pères. Nos parents ont souffert, vécu, aimé, et nous sommes leurs hérauts.

« Mon enfant, ma sœur, songe à la douceur d'aller là-bas vivre ensemble. »

Là-bas, dans la guerre qui fabrique les héros et les amours éternelles. Nous reste ce passé à dénouer, ce présent pour nous aimer. Ici. Maintenant.

100

Lui

Le fantôme dont je suis le plus fier, mon oncle, revient en 2009 dans un livre, *Le Tombeau de Tommy* d'Alain Blottière[1], et dans un film, *L'Armée du Crime* de Robert Guédiguian. C'est le frère de ma mère. Ma grand-mère a voulu que je porte son prénom. Il a été fusillé par les Allemands à dix-neuf ans. Dans la matinée qui précède son exécution, il écrit une lettre destinée aux siens qui se cachent. Il l'adresse à la concierge d'un immeuble où toute la famille a vécu : « Si vous revoyez un jour les miens, dites-leur que je n'ai pas souffert et que je suis mort sans souffrir. »

Dans ma famille, sans doute à cause de cette dernière lettre, on a toujours dit qu'il n'avait pas été torturé. Or il a été torturé, durement, par la police française, comme l'ont été tous ses camarades du groupe Manouchian. C'est Julien Lauprêtre, le président du Secours populaire, qui me l'a révélé. Arrêté lui aussi à dix-sept ans, il reste une semaine en captivité dans une salle de la préfecture de police en compagnie d'un groupe d'hommes qui ont en commun d'être des étrangers. Il a vu dans quel état ils revenaient des interrogatoires et recueilli les sanglots d'un jeune homme blond dont la paillasse jouxtait la sienne et qui n'avait qu'une peur : craquer sous les coups et parler.

Thomas ne parlera pas. Il est seul. Il sait qu'il va mourir. Il ne sait plus où sont les siens. Mais il garde un espoir : alléger

1. Gallimard, 2009.

un peu la douleur de sa mère, en lui mentant sur ce qu'il a enduré. Devant la mort et le chaos : la force de se taire, par délicatesse. L'élégance surhumaine d'un héros.

Nietzsche écrit : « Il est indigne des grandes âmes de répandre autour d'elles le trouble qu'elles ressentent. » Nietzsche a raison.

101

Elle

Aujourd'hui, il ne m'aime plus. Je ne sais pas pourquoi. Lui non plus. C'est le mystère de l'amour, de l'écrabouillement de l'amour. Revient lentement ce sentiment de solitude grise, terne, où la pensée ne marche plus. Je pleure.

J'entends un ricanement autour de moi. Ils ricanent bien sûr ceux qui ont toujours voulu nier cet amour. Ils ricanent. Et ils ont bien raison : j'ai perdu mon temps à aimer en vain, cet homme ne m'a jamais rien donné, cet homme ne m'a jamais choisie. Voilà, c'est ça : cet homme ne m'a jamais choisie. L'amour entre nous s'est déroulé comme ce livre qu'on essaie d'écrire. Par petits bouts, par fragments. Instantanés qui nous surprennent grimaçants ou béats, par hasard, involontairement. À chaque instant, l'amour trébuche, clignote, disparaît. C'est l'enfer ce monde sans amour, sans l'amour entre lui et moi.

102

Lui

J'en ai marre de l'amour. Combien de fois avons-nous écrit ce mot ? J'en ai la nausée. Parlez-moi d'amour, mais vous ne pensez qu'à ça, Madame. Amour, mot-éponge gorgé de nos humeurs, alvéolé de nos souvenirs, amours d'enfance, d'adolescence, d'adultes, Amour, fleuve d'espoir dans les steppes arides de nos vies. Amour amour, cinq minutes d'arrêt, assurez-vous de n'avoir rien oublié dans le train.

103

ELLE

Je l'ai quitté. Ce n'est pas la première fois. Quand il me tient à distance de sa vie, je le quitte. Rien ne sert de récriminer, de comptabiliser, d'aligner les rancœurs. Rien. Je le quitte. Silence. Il faut du silence.

Ensuite, je peux refaire le chemin. Lentement. Subrepticement. Les traces de sa peau, de son odeur, de sa fantaisie, je me laisse bercer, ce ne sont pas des souvenirs, non, c'est de la joie, de la joie immédiate, silencieuse, qui vient de lui pour moi, pour nous, qui se nourrit de nous, qui fait l'amour entre nous. L'amour, c'est la joie. Joie ! Joie ! Là. Tout près. En moi. Il ne faut pas se moquer. Pascal écrit ça au début des *Pensées*.

104

Lui

C'est toujours l'histoire de la petite fille qui court, pour sauter dans les bras de son père. Elle court quand il rentre le soir, quand il marche vers elle dans la rue, quand il l'attend à la sortie de l'école. Dans l'amour d'une femme il y a toujours, le cœur battant, une petite fille qui court.

105

ELLE

Lui et moi, nous sommes l'un à côté de l'autre, nous sommes des enfants assis sur la plage, juste au bord de l'eau quand la mer vient et se retire, emportant avec elle les minuscules grains de sable qui s'écoulent des bras, des jambes, des fesses. Ainsi s'écoulent de nous, tous ces minuscules cristaux et pierres dans des rigoles qui tracent nos différences, nos territoires, si proches, si semblables, et irréductibles l'un à l'autre. Nous sommes assis ensemble au bord de la mer.

106

Lui

Tu es publique mais pudique, discrète. Je n'ai jamais vu quelqu'un d'aussi peu arrogant que toi, surtout dans l'audiovisuel. Je suis anonyme mais sonore. J'ai une grosse voix, je parle trop fort, je ris nasal guttural ou ventral, selon les occasions mais ça fait toujours du bruit. Comment fais-tu pour supporter un tel polichinelle ? Tu souffres déjà tant de l'attention systématique dont tu es l'objet, tu voudrais – *même si tu adores ça* – qu'on ne te reconnaisse pas et te voilà affublée de moi, klaxonnant en permanence en tous lieux et circonstances. Je me demande si, au fond, tu n'espères pas secrètement te cacher derrière le son de mon clairon. Peine perdue : nous attirons l'attention, toi par ton image, moi pour la bande-son. Ça t'ennuie, ça me flatte.

107

Elle

Mon homme ressemble à mon chat.

Mon chat est roux et s'appelle Étoile. Mon homme aussi.

Mon chat est jaloux, exclusif et tyrannique. Mon homme aussi.

Mon chat ne veut que moi. Mon homme, non.

Mon chat est coupé. Pas mon homme.

108

LUI

— Je suis le seul animal humain de ton zoo privé. Je me souviens t'avoir vu évoquer, quand tu m'as présenté à notre éditeur, mon côté animal. C'est quoi cette histoire d'animal ?

— C'est rien, c'est bien, c'est flatteur, ne t'inquiète pas.

109

Lui

Elle pense que Lawrence d'Arabie s'est tué en mobylette. Je souris puis je ris. Un gros rire de cinglé.

110

Elle

Il rit longtemps. À gorge déployée. Il est hilare. Il dit que c'est nerveux. Il y a toujours un moment où les hommes pensent que les femmes sont des connes. Ils sont contents comme ça, les hommes.

111

Lui

Je ne pense pas que la vie soit une affaire vraiment sérieuse ; le produit n'est pas fiable, on ne sait jamais quand il va s'arrêter de fonctionner, il est cher en entretien et reste, quant aux satisfactions qu'il procure, très aléatoire. Sérieusement, si la vie était à vendre, comme une voiture ou un robot ménager, personne ne l'achèterait.

112

Elle

Tu ne sais pas conduire en ville. Tu ne vois pas les deux-roues, tu les insultes parce qu'ils te font peur, tu ne devines jamais dans quelle file il faut rouler pour gagner du temps. Tu t'énerves, tu m'énerves. Mais enfin, tu as loué une grosse voiture pour le week-end et ça, ça me plaît. Et puis, tu t'en fous de conduire bien ou mal. Moi aussi.

113

Lui

Je n'ai jamais eu une voiture à moi. Que des voitures de fonction ou de location. Je n'ai jamais eu envie d'acheter une voiture. J'en ai eu la possibilité, une fois, et j'ai acheté une cuisinière. Quel manque de virilité ! J'ai toujours admiré craintivement les hommes qui conduisaient vite avec beaucoup d'assurance. J'ai – malgré et sans doute à cause de mon handicap automobile – fait gagner beaucoup d'argent à trois grands constructeurs. Personne ne sait regarder une voiture avec autant de naïveté que moi. Et encore, je ne vous dis rien de mon regard sur les motocyclettes.

114

Elle

Il dit qu'il n'a pas besoin de me voir tous les jours. De temps en temps lui suffit. Une fois par semaine est un rythme idéal. Cela ne veut pas dire que je ne lui manque pas, non. Bien au contraire même : il a besoin de me parler tous les jours, pour de vraies conversations sur les livres, les difficultés de la vie, la carrière de Frank Capra. Me voir, non.

115

Lui

Contrairement à ce que ta renommée pourrait laisser espérer, ce n'est pas tant toi qui témoignes dans ce livre que moi que tu parviens à faire sortir de l'ombre. Peut-être que tu vas réussir à te débarrasser de moi pour de bon, quand ce texte paraîtra. Habile ! *Ecce homo* : le voilà le bonhomme ! Je vous le laisse si ça vous tente. Moi je tourne la page.

116

ELLE

Tu ne t'intéresses pas à ma vie. Je veux dire, ma vie de tous les jours. Ma vie avec mes filles, mes problèmes de travail, de famille, tout ça, ça ne te préoccupe pas, même je pense que ça te dégoûte. Ton quotidien te pèse, celui des autres t'ennuie, le mien te terrifie. J'ai mis du temps à m'en apercevoir.

Au début, j'ai attendu que nous partagions quelque chose de cette succession des heures. Et puis, j'ai cessé d'attendre. Je me suis occupée de ma maison, j'ai fait des travaux, j'ai refait les chambres des filles, les peintures, l'électricité, j'ai acheté des plantes, des machines à laver, à sécher, des éléments de cuisine. Je suis sortie de cette sorte de campement qui me permettait à la fois d'attendre la réalisation de ma vie avec toi, et l'enfermement dans une installation bourgeoise où j'avais peur de manquer d'air.

Tu aimes bien ma maison. Tu l'as toujours aimée, même quand il y régnait cette indifférence au confort. Mais ce n'est pas chez toi. Chez toi, c'est un endroit où tu vis seul, sans femme, sans enfant, où le quotidien s'efface derrière le décor que tu as mis en place.

117

Lui

Tu es une femme mariée avec le regard des autres. Tu es là, à l'écran, parce qu'ils sont légion à vouloir t'y voir. Tu es là parce que tous ces regards convergent vers toi. Ils me traversent, m'ôtent le droit de t'élire, comme celui de me sentir élu. Ils ont toujours été là comme des spectres invisibles conjurant notre amour. Je n'ai jamais su les chasser.

Avec eux, j'ai été un spectateur épisodique de ta vie, regardant tes enfants grandir comme on regarde un feuilleton qu'on retrouve quelques minutes de temps en temps, content de savoir qu'il est encore là.

Je n'ai jamais su, pu, voulu, clore autour de toi et de ta vie, le cercle qui nous aurait fait une vie. J'ai manqué de bras, de bras entourant, de bras disant dans l'embrassade qu'il y avait dans l'affection un monde viable. Les bras qui clôturent le pré de la vie vivable m'ont manqué et avec eux le courage de t'appeler, devant témoin, ma femme.

118

ELLE

Il aime le champagne, le sexe, l'argent, les livres, sa fille, moi, Prokofiev, le luxe, la campagne, les fleurs coupées, le cinéma, Montaigne, les huîtres, ses amis, le jazz, l'eau de verveine de Santa-Maria-Novella, les chandeliers, les polaroïds de Carlo Mollino, Winston Churchill, la photo, Israël, la piscine, les jardins d'hiver, le chewing-gum, la cuisine, Massive Attack, les déserts, son chat, la mer d'Irlande, ma voix, et la mort de Sardanapale peinte par Delacroix.

119

Lui

Elle aime Baudelaire, la Renaissance italienne, en peinture surtout Giorgione, Valenciennes, un paysagiste peu connu qu'elle m'a fait découvrir au Louvre, Mozart, le poulet avec des croûtons frottés d'ail dedans, façon Sud-Ouest, le rugby dont elle comprend parfaitement les règles, les vins tanniques, les huîtres, le foie gras, le théâtre de Beckett, et Philippe Sollers. Elle sait que Philippe Sollers est un grand écrivain.

Comme on connaît mal les êtres qu'on aime ! Je la vois apparaître sous un jour étrange : elle a son petit domaine à elle, grince en moi un mauvais génie, son petit quant-à-soi et dedans il y a Sollers qui trône en costume de grand écrivain. Et ni la fougue de mes assauts amoureux, ni la prétendue sincérité de ma flamme n'y changeront rien. Ça me fait un choc pénible. Un peu semblable à celui que j'éprouverai quelques semaines plus tard quand ma fille Sarah m'expliquera que Renaud est un chouette chanteur populaire. Et encore, ma fille, elle, a l'excuse de l'âge.

120

ELLE

Nous nous rendons malheureux sans cesse. Je peux le dire du promontoire de bonheur où je suis momentanément perchée. Je regarde au loin : que de larmes, que de larmes autour de nous. Elles délimitent le bonheur de nos retrouvailles. Parfois, elles le noient.

121

Lui

Quand je romps avec toi, je commence par éprouver un sentiment inouï de libération : je me suis débarrassé du joug de la servitude, une vague puissante me porte vers l'avenir, je suis libre, je vais renaître dans une nouvelle chance. Puis, subitement, je suis pris dans le ressac et dans ses tourbillons d'inquiétude et d'incertitude : où es-tu, pourquoi ne m'appelles-tu pas ? Je sais qu'on se manque : à quoi rime ce silence ? J'essaie de nager contre les courants, parfois des mois durant. Quand je suis au bord de me noyer, je te rappelle. J'entends ta voix, la mer me dépose doucement sur un rivage où l'eau est claire et paisible.

122

Elle

Quand j'étais petite, j'avais fait un jeu-test dans *Elle* avec maman sur l'homme idéal. À une question sur les cheveux, j'avais choisi la réponse où mon homme m'aurait décoiffée si ma coiffure lui avait déplu. Ma mère avait ri. Elle aussi avait choisi cette réponse.

123

LUI

Détournant ton amour à des fins personnelles, je t'indexe à ma vie. Faut-il que je doute de mon existence pour avoir besoin à ce point d'un regard qui la guette et la valide en permanence. Mais c'est ainsi, faute d'avoir été vraiment désiré par ma mère, j'ai besoin d'un témoin.

Mais si tu es le témoin prêt à tout accueillir, à tout comprendre, alors tu es ma mort, parce que comme elle, tu es le seul lieu d'où ma vie peut se voir toute. Sauf que ma mort n'aura pas d'yeux pour pleurer ni de bouche pour sourire, ni surtout la moindre envie de se souvenir de moi. Ça te donne, sur elle, un petit avantage.

124

Elle

Nous ne pouvons plus nous rejoindre. Je vois tout ce que nous avons raté, manqué. Nos échecs, nos pauvres rêves bafoués, et comme nous savons les oublier. Nous n'avons pas de passé orgueilleux, pas de futur enchanteur. Seulement des décombres dérisoires, insupportables.

Et puis, d'un coup, sans prévenir, il surgit, rieur, avide, aimant. Le désespoir cède sous sa joie. Il est courageux, obstiné. Il veut être heureux avec moi. Quelquefois, je le veux aussi.

125

Lui

Tu adores jouer dans des pièces de Beckett. Rien ne t'honore plus que de débiter d'une voix blanche les platitudes insondables du dramaturge du banal, dans des postures pénibles : la tête dans un carcan, le corps dans celui d'une blatte géante, enfouie jusqu'au cou dans un tas d'immondices, etc. Tu voulais être actrice. Dans ces moments de jeu, tu te sens justifiée, sanctifiée.

Je n'ai pas encore réussi à t'en convaincre, mais ton travail solitaire devant un fond bleu où tu égrènes depuis toujours et d'une voix identique des prévisions météos, constitue à mes yeux la plus grande performance beckettienne de tous les temps. Bien joué.

126

Elle

Cette distance entre lui et moi, c'est là que se tend l'érotisme. Elle est irréductible. C'est la limite de notre prestation.

Il dit que non, que c'est l'infini de notre rencontre.

127

Lui

Comme tout homme et toute femme, nous savons que pour construire un couple, il faut savoir souvent faire silence et pénitence. Passé les premiers émois, un couple ne se construit dans la durée que sur ce qu'il tait. Sur ce que l'un tait à l'autre, sur ce que l'autre supporte de l'un en silence.

Bien sûr, la machine à faire du lisse ne cesse de s'enrayer et d'exploser en ruptures. À force de ne rien dire, on a, comme on dit, plus rien à se dire. De fait, un couple trouve son allure réglée dans une perpétuelle tentative pour conjurer la rupture en la rendant muette, ce qui finit par la provoquer. C'est le côté précautionneux des gens en couple, si fréquent, si facilement reconnaissable : on a toujours l'impression qu'au moins l'un d'entre eux marche sur des œufs : « Eu euhm... Mais voyons mon amour... mais non bien sûr ahah... »

Nous n'avons, toi et moi, jamais été un couple embarrassé de ce type de réticences. Je hurle, tu brailles, je te trompe, tu m'en veux, on crise, mais on se parle et on s'écoute. Je n'ai jamais vécu ça avec personne, cette liberté d'allure et de ton.

128

ELLE

Il déteste la fidélité. Il voudrait que je le trompe. Je n'y arrive pas. Il trouve ça nul. Alors, j'invente. Ça n'a jamais l'air très vrai. Mais il est content quand même.

129

Lui

Catherine, on ne va pas arriver à entrer dans la petite famille des écrivains dignes de ce nom, si on continue à ne jamais faire usage du subjonctif. Regarde Claude Lanzmann, sa vie devient une épopée parce qu'il arrive à manier l'imparfait du subjonctif. Je me permets donc de réécrire le texte qui précède sur le mode écrivain reconnu :

« Il détestait la fidélité. Il eût voulu que je le trompasse. Je n'y parvins point. Il en fut marri. Alors, j'inventai, afin que cela pût avoir l'air vrai, espérant qu'il me crût. Quoi qu'il en fût, et malgré qu'il en eût, il était content quand même. »

130

Elle

Il voudrait être mon homme le temps d'une chanson. Une chanson qu'il pourrait écouter une seule fois, ou cent, ou mille, ou toujours, une chanson-scie qui lasserait le monde entier sauf lui. Rengaine attendue et nouvelle chaque fois. Retour attendu des notes, des mots, des rythmes. Ce qui revient comme on l'attend et qui surprend quand même et ça fait des frissons. On croit qu'on l'a oublié, ou qu'on l'a perdue. Et puis, elle surgit à nouveau, encore et encore. Mon homme est mon homme, et bien content de l'être, et bien content que ça s'arrête et que ça revienne et que ça recommence encore. Mon homme me donne le vertige.

131

Lui

Tchaktchaktchakapoum, tchack-tchack poum, poum, tchakapoum. Je ne chante pas bien, mais j'ai fait de la batterie.

132

ELLE

Je pense que nous vivons une grande histoire d'amour. Je m'exalte, je m'exalte. Il laisse dire. Cette exaltation va de pair avec une inquiétude qui me pousse à lui demander s'il m'aime. Il prend un air enjoué et un peu las pour me répondre oui.

Pourtant, il m'aime, j'en suis sûre.

133

Elle et Lui

— Mais qu'est ce que tu fais, sans moi, pendant tout ce silence, pendant tous ces jours ? dit-elle.

— Fausse route, répond-il.

Réponse inéluctable, réponse parfaite.

134

Elle

Il ne peut pas me quitter mais il veut me quitter tout le temps. Il pense qu'il faut qu'il se sauve de moi, je ne lui apporte rien, je ne suis pas une alternative, je n'ai aucune solution. Des solutions à quoi ? À la vie, à la mort, au chômage. Donc, il faut qu'il me quitte.

Oui, mais il ne peut pas. Et ça l'angoisse encore plus. Mais ce n'est pas ça la vérité. La vérité, c'est qu'on ne se lasse pas l'un de l'autre, c'est très étonnant. C'est peut-être ça qui l'angoisse.

135

Lui

L'échec de nos dernières vacances en Italie est patent : je ne suis pas heureux en famille recomposée. Du coup, ni ses enfants ni elle ne le sont durant ce séjour. J'en tire la leçon qu'il ne faut pas chercher à vivre ensemble : trois semaines, c'est à peine supportable, alors toute la vie... Décidément, nous ne ferons jamais rien comme les autres.

Ce constat la laisse désemparée.

136

Elle

En vacances tu es obsédé par le nombre de bouches à nourrir. Ta joie des vacances, c'est le supermarché. Tu remplis des caddies entiers de nourriture, plusieurs fois par semaine. C'est le rempart que tu édifies entre toi et les autres. En dehors des courses, tu te conduis comme un invité qui se demande ce qu'il fabrique au milieu de cette famille de congés payés.

137

Elle

J'aime le cimetière Montparnasse. J'y vais tous les jours, ou presque. Les gardiens qui me voient passer doivent croire qu'un de mes proches est enterré là. Mais non. Je ne connais personne, aucun mort dans ce cimetière. Mais j'en ai adopté un ou deux. Je vais les voir. Je leur parle. Ils ont besoin de mon attention, je me plais dans leur silence. Lui trouve ce goût un peu répugnant. Quelquefois je m'allonge dans l'herbe au pied du monument des morts de la Commune. Je ne vois que du ciel au-dessus de moi. Pas de toit, pas de maison, pas d'arbres. Je suis bien, j'écoute les cris des oiseaux, je pense à tous ces morts de la Commune. J'ai pitié d'eux.

138

Lui

As-tu pitié aussi de tous ces malheureux qui t'écrivent parce que tu es connue ? Ceux qui souffrent d'un mal incurable, ceux qui croupissent au fond d'une cellule ? Tous ces damnés de la terre, perdus dans leur solitude ? Certains te parlent avec tendresse, d'autres sont plus brutaux, il y en a même qui sont obscènes. L'habituelle trilogie humaine : tendresse, brutalité, obscénité. Que préfères-tu ?

139

Elle

Tu ne me regardes jamais à la télé. Jamais. Je pense que depuis quinze ans, tu as dû me voir trois ou quatre fois. Et non seulement tu ne me regardes pas, mais tu juges la manière dont je m'habille. Comme si je m'habillais de la même façon pour l'antenne et pour faire mes courses au Monop'... Tu n'es jamais venu à la télé, tu n'as aucune idée de mon travail. Tu boudes parce que je passe mes week-ends sans toi, mais tu n'as pas le souci de l'énergie que la météo demande. Tu t'en fous. Ça me va.

140

Lui

C'est vrai, je ne te regarde pas beaucoup à la télé. Toi en revanche tu me regardes tout le temps quand on est ensemble ; quand je prends ma douche, quand je cuisine, quand je bricole malhabilement sous l'évier pour réparer un joint, quand je m'habille. Tu te poses là et tu me regardes, sans malice ni gratitude ni servilité comme font les chats, comme ne savent pas faire les chiens. Parfois ça m'agace, mais dans l'ensemble ça me plaît. Si ça peut te procurer le même sentiment de plaisir rassurant, je veux bien m'engager à te regarder à la télé.

141

ELLE

Il attend des femmes qu'elles le sauvent et qu'elles le perdent. Qu'elles le sauvent du désastre et qu'elles l'y précipitent. Dans un mouvement identique, pas même symétrique, non, juste le même exactement. Les femmes le sauvent et le perdent en même temps. Il va chercher près d'elles le recours de la survie et s'attend à y trouver sa perte. Les femmes le nourrissent et le dépècent, l'aiment et le tuent. Et moi, je suis toutes les femmes, je prends, je tue, je nourris, je console. Je suis d'accord pour tout. Des fois, j'en ai assez, je ne suis plus d'accord. Je disparais. Je prends l'amour et je vais jouer avec. Toute seule. C'est bon aussi. Je reviendrai plus tard.

142

Lui

Je me souviens d'un fou qui braillait place des Vosges : « J'ai trop aimé pour être aimé. » Moi, j'ai été aimé parce qu'aimant. Je ne suis pas un don Juan, plutôt une parodie de Tristan. Un Tristan volage, assoiffé d'éternité amoureuse, mais qui s'ennuie assez vite parce que sa passion se fane à l'instant où celle de son Yseult finit d'éclore.

« Une jolie fleur, un chéri à sa mémé », disait ma grand-mère avec son accent hongrois inimitable et sa torrentielle sensualité de rouquine acajou.

« Un amoureux névrotique », m'a lancé, presque méprisante, une maîtresse déçue avant de me quitter.

143

Elle

Non. C'est toi qui l'as quittée. Elle s'était trompée d'homme. « Amoureux névrotique », ce n'est pas toi. Sentimental, oui. Et avide du désir des femmes, et jaloux de sa liberté.

144

Elle

Cette nuit, dans un demi-sommeil, un demi-rêve, j'ai pensé qu'il fallait absolument parler de Red Adair dans ce livre. C'était essentiel. Je savais que j'allais oublier peu à peu cette évidence, qu'elle allait s'évanouir dans les brumes du sommeil. Le seul moyen pour qu'elle ne m'échappe pas tout à fait était que je me souvienne de ce nom : Red Adair, Red Adair. Red Adair, le pompier du ciel.

Ce matin, j'ai vu les étoiles brillantes s'éteindre peu à peu avec l'aube. Le ciel est devenu bleu, impeccable. De mon rêve, il ne restait plus que ce nom, Red Adair. J'ai pensé aux *Neiges du Kilimandjaro* d'Hemingway, où la mort vient prendre le héros quand il rêve qu'il atteint les neiges éternelles, et nous, ce n'est pas la mort qui nous prend, c'est l'amour, c'était ça mon rêve. En haut du Kilimandjaro, il y avait, réelle, tangible, cette vérité : l'amour.

Forcément, pour cette révélation, on a besoin d'un avion – l'avion kenyan et la neige, et puis Red Adair et le feu… Mon homme, mon amour, Red Adair.

145

Lui

Une nuit d'insomnie, je découvre au petit matin, sur TF1, un documentaire animalier consacré à l'âne du Poitou. Sa crinière blonde trop longue retombe bas sur son front, masquant presque ses yeux. Comme les Beatles sur la couverture de *Rubber Soul* ou les Stones sur celle d'*Aftermath*. En plus de sa tête de rock star androgyne, il est doté d'un membre énorme. Je trouve l'animal immédiatement sympathique. On l'utilise pour engendrer des mulets en usant d'un vieux stratagème. Deux hommes vêtus de treillis bleus et bottés de caoutchouc commencent par le conduire vers une charmante ânesse, elle aussi gratifiée d'une crinière de poupée Barbie. Il la saillit immédiatement avec un enthousiasme communicatif. À peine a-t-il pris ses aises que les deux mécaniciens de l'amour animal l'arrachent à sa compagne naturelle et le transbahutent tout roidi et marri pour lui offrir la croupe élégante mais inattendue d'une jument.

D'une voix empâtée par l'absence de sommeil, je m'écrie devant ma télé : « Mais foutez-lui la paix, vous n'avez pas le droit, laissez-le tranquille. »

C'est bien mal connaître l'animal. Ânesse ou jument, qu'importe : passé son premier étonnement, il retrouve toute sa vigueur. Il n'a même pas débandé pendant son transport chahuté. Cette histoire me semble mériter une morale de fable latine, mais je ne sais pas laquelle. Mais à coup sûr, la vie sentimentale devient plus riche et plus simple quand on se transforme en animal.

146

ELLE

Il m'arrache à mon enfance et m'y renvoie. Avec lui, je fais le pas, je franchis l'espace et le temps, et je m'y retrouve. Bien. Les chagrins de l'enfance ont disparu. Ceux de l'âge adulte je saurai les affronter.

147

ELLE

J'ai compris : plus je t'aime, plus tu m'aimes. C'est comme ça que ça marche, il n'y a rien à faire pour en sortir.

148

Elle

Quand nous dormons ensemble, emboîtés l'un contre l'autre, nous grognons. Il n'y a pas moyen d'éviter ces grognements. Pas de paroles articulées. Pas des mots, non. Juste une éructation, un chant qui sort du corps, une manifestation joyeuse.

Chapitre 8

AGONIE

149

LUI

Son amie me dit au téléphone qu'il faut que je vienne maintenant que c'est urgent, qu'elle va mourir.

Je sais que ma mère est condamnée. J'ai parlé avec son médecin, il y a deux mois quand elle était hospitalisée à Aix-en-Provence. Il m'a dit le foie est atteint, elle n'en a plus pour longtemps. Avant d'aller la voir à l'hôpital, j'étais allé déjeuner seul au Deux Garçons, sur le cours Mirabeau. Un déjeuner de garçon solitaire mais réconfortant, sous les platanes rangés en colonnes, dépouillés, menaçants, arachnéens. J'avais bien le droit à un bon repas et à un dernier verre, avant l'énoncé de la sentence.

Je viens de répéter deux fois le mot « avant ». Je le répéterais mille fois si ça pouvait changer le sens du courant et m'emporter loin de la chute.

150

ELLE

Est-on obligé de parler des mères quand on essaie de s'approcher de l'amour ? En es-tu bien sûr ? On ne peut pas faire comme si, qu'elles soient là ou pas, ça n'avait pas d'importance ? Mortes ou vives ? Il faut vraiment en passer par elles ?

Alors, d'accord, je t'accompagne. Revenons à ta mère, à sa mort. Elle a tout changé dans ta vie, dans notre amour. Je ne sais pas pourquoi ; même aujourd'hui, je ne comprends toujours pas.

151

Lui

Perdre sa mère, c'est perdre la maison de chair qui vous protégeait du néant. Vous étiez à l'abri, vous ne l'êtes plus. La prochaine fois ce sera votre tour. Vous avez avancé d'un rang et pris place au bord du gouffre, sans espoir de revenir en arrière.

Le coup de fil qui m'intime de descendre assister à son agonie et, si je peux, l'assister, me surprend au musée du Louvre, département des antiquités égyptiennes.

À l'instant où mon portable sonne, je suis en arrêt devant une barque de procession cultuelle où trône une princesse solitaire.

152

Elle

Tu es parti là-bas dès que tu as compris que c'était la fin, je suis arrivée le lendemain. Il pleuvait à Paris ; dans le village provençal où Marthe vivait, c'était presque l'été.

Quand je t'ai rejoint dans la maison, tu étais allongé sur le lit, grelottant de fièvre. Je t'ai pris contre moi, tu hoquetais de frissons et de larmes. Je t'ai donné des cachets pour faire tomber la fièvre, mais tu n'as pas voulu du verre d'eau que je te tendais. Il était sale, tout était sale ici, ça puait la crasse et la pauvreté, c'était ça le monde de ta mère, ça te dégoûtait, tu ne pouvais pas boire dans ce verre, tu allais vomir. J'ai lavé le verre devant toi, dans le lavabo installé dans un coin de la pièce, et tu as accepté d'avaler quelques gouttes.

Dans le délire de ta fièvre, au fond du lit, tu lançais à ta mère des malédictions qu'elle ne pouvait entendre. Tu la maudissais de toutes tes forces, sur tous les tons, tu employais les mots les plus rudes pour l'invectiver, dire ton dégoût, ton malheur, ton chagrin ; c'était une lamentation sans fin. Et je lui en voulais, moi aussi, du mal qu'elle te faisait encore. Ce malheur sur toi, c'était trop, c'était barbare. C'était sa faute, à elle.

Je pensais que c'était du cirque, son agonie. Elle voulait que tu viennes la voir, voilà tout ; elle n'était pas vieille, sa tragédie de la mort relevait du grotesque.

Toute la journée, tu as tremblé dans mes bras.

153

Lui

Je suis né, juste après la guerre, dans une famille de Juifs hongrois athées et d'obédience communiste que l'échec de la révolution de 1919, les turbulences engendrées par la crise de 29 et la montée en puissance de l'extrême droite antisémite avaient contraints à fuir vers des pays espérés plus cléments.

Il n'y eut pas de clémence. Je suis né dans une meute funèbre où tous pleuraient, qui sa famille exterminée après la rafle du Vel d'Hiv, qui son frère ou son fils fusillé au sortir de l'adolescence.

Et tout en pleurant, ils marchaient vers leur propre fin. J'ai suivi tous les cortèges, prononcé de brèves allocutions aux enterrements, il n'y avait pas de culte ni de règle dans cette famille d'athées déracinés, il fallait bien en inventer.

Ma grand-mère est morte comme elle a vécu, en brave, bravant tout, même la mort. Je me souviens m'être approché à son invite du chariot où elle était allongée avant de partir au bloc opératoire, pour une ablation de la vésicule biliaire. Elle me chuchote : « Après quatre-vingts ans, ça n'a plus aucun intérêt. » Je l'embrasse, lui dis adieu, la regarde s'éloigner. Elle n'en reviendra pas, profitant du sommeil de l'anesthésie pour disparaître tout à fait. Elle avait quatre-vingt-neuf ans.

Ma mère est morte en gamine turbulente, comme elle a vécu, criant, rageuse, boudeuse et terrifiée, qu'elle ne voulait pas mourir, je ne veux pas mourir comme je ne veux pas finir ma soupe, retourner à l'école, faire mes devoirs. Elle n'avait pas soixante-dix ans.

On jugera sans doute que ce n'est pas une manière de parler de sa mère, surtout à l'agonie. Mais c'est ainsi ; je lui en voudrais jusqu'à l'heure de sa mort, et même au-delà, de n'avoir ni su ni voulu me dire la vérité.

Cette vérité, je la connaissais pourtant de longue date.

Grâce à ma première femme, qui avait eu une liaison avec un ex de ma mère. Celui-ci lui confiera avoir appris de ma génitrice sur l'oreiller, ce que tous ses amants savaient : que je ne suis pas le fils de mon père.

Blessé d'avoir été à ce point et pendant si longtemps abusé, j'interroge alors un à un les membres du complot, convoqués par mes soins dans la bicoque familiale de Seine-et-Marne : mon père désormais adoptif m'avoue les larmes aux yeux qu'il s'était tu par amour pour moi, afin de devenir vraiment mon père et que si quelqu'un devait avouer une faute, c'était ma mère. Je le regarde larmoyer avec un peu de mépris. N'eût-il pas été plus viril, plus courageux, plus généreux de m'avoir fait grandir hors du mensonge ?

Mon oncle, mythomane sympathique et peu enclin, une fois démasqué, à persévérer dans ses fabulations, avoue sans difficulté : quand sa sœur rencontre à l'automne 1945 l'homme dont je porte le nom, elle est déjà enceinte à dix-sept ans de Michel Patrix, un peintre qui l'a cachée en 1943 – elle a alors quinze ans – et qui deviendra son amant. Toute la famille, se souvient-il, avait même organisé un mariage où ce dernier n'est pas venu. Ma grand-mère confirme.

Voilà tout le monde d'accord et même soulagé, sauf ma mère qui continue et continuera jusqu'à sa mort à m'expliquer qu'elle ne sait en fait plus très bien, qu'elle couchait à l'époque avec l'un comme avec l'autre, et que, quoi qu'il en soit, ça n'a aucune importance. Je l'aurais étranglée.

J'ai beau détester le foot, j'ai été le ballon d'une drôle de partie entre trois noms. Patrix qui ne veut pas de moi me passe à Elek. C'est avéré sur mon état civil : je nais reconnu de ma seule mère et m'appelle donc Thomas Elek comme le jeune homme qui occupe la troisième place en haut à gauche sur l'Affiche rouge et qui est exécuté par les Allemands le 21 février 1944.

Mais au désespoir de ma grand-mère qui avait choisi mon prénom pour entendre encore le nom de son fils, Elek me passe à Stern qui n'a plus personne : son père, sa mère, son frère et ses trois sœurs ont été gazés à Sobibor. En épousant ma mère Stern me donne son patronyme pour que quelqu'un vive après lui, qui s'appelle comme lui.

Me voilà doté d'un nom qui en cache deux autres, et qui disent de moi : voulu, pas voulu, pour des raisons, des chagrins ou des espoirs qui n'ont au fond rien à voir avec moi.

Quand je l'apprends, j'ai trente-trois ans et pratiquement foutu ma vie en l'air. L'angoisse et le doute me taraudent. Je me suis désocialisé, désorganisé, dématérialisé, à force de me taper inconsciemment la tête sur la question de savoir qui je suis. Je consacre aveuglément mon énergie à contenir dans la peur et la folie l'agitation que crée en moi la circulation maudite de ces noms dont on me cache les correspondances.

On arrête ? On peut siffler une fin de partie ? Me donner une chance de rejouer sur une base plus claire ? Eh bien non ! À la surprise générale, ma mère – déchaînant la haine de son ex-mari – remet la balle en jeu et décide, le jour où la rémission est possible, qu'elle ne sait toujours pas.

Je ne suis plus un secret pour personne sauf pour elle qui continue son petit solo de baba cool foireuse avec cette gouaille insupportable qu'elle affectait quand elle voulait jouer à la femme libre issue du peuple : « Ah ! Ben non, j'savais pas, j'couchais avec les deux et d'abord qu'essapeufaire ? »

154

ELLE

Je suis montée dans la chambre de Marthe. Un gros chat roux dormait sur le lit, à ses pieds ; il y avait des fleurs sur une petite table, la fenêtre était entrouverte et laissait entrer des odeurs de magnolia ; son amie, assise près d'elle, veillait.

Son visage était enfoui dans les oreillers blancs. Je croyais qu'elle dormait et puis, soudain, elle s'est tournée vers moi. Elle n'avait pas trop maigri ; ça m'a surprise, elle était telle que je l'avais vue à Paris quelques mois auparavant, avec sa peau très blanche, laiteuse, ses bras ronds, ses cheveux moussant autour de son visage triangulaire. Des petites dormeuses en or brillaient à ses oreilles. Et puis j'ai vu ses yeux, vides, hagards, sa panique, aussi ; il se passait autre chose dans ce corps, un chaos, une apocalypse, invisible sous la chair blanche et ronde que seul révélait son regard fou. Ce n'était pas elle. J'étais effrayée. Elle ne m'a pas reconnue, c'était tant mieux. Je ne voulais pas qu'elle voie ma peur.

J'ai bredouillé à son amie que je pouvais aider si on avait besoin de moi. Elle me donna un pot à aller vider aux cabinets. C'était le caca de Marthe. Je suis descendue avec l'objet dans les mains. Et j'ai pensé que quand on déféquait encore, ce n'était pas le chaos, pas l'apocalypse, pas la mort, mais la vie. Une pensée très bête, sans doute, mais j'étais complètement perdue, et, heureusement, utile à quelque chose.

Je me rappelle son dernier rêve du mardi après-midi. Assoupie, elle est sortie de son sommeil en entendant les pas de Thomas qui grinçaient en montant l'escalier. Elle s'est tournée vers lui quand il est entré. Dressée sur ses coudes avec toute la vigueur qui lui restait, le visage tendu vers son fils.

Il ne bougeait plus, il ne disait rien, il la regardait.

Sa vue était brouillée par la morphine, elle avait du mal à reconnaître sa silhouette, sa couleur de cheveux... Thomas, si proche d'elle, à peine dix-sept ans d'écart, ç'aurait pu être lui, pris par la maladie, plutôt qu'elle. Ils étaient si semblables tous les deux, si près l'un de l'autre, lui le fils, elle la mère, ils auraient pu échanger les rôles, elle la fille, lui le père, ou la mère ou le frère ; alors pourquoi pas la maladie, ou la santé. Il n'était pas malade, eh bien, elle non plus, voilà.

J'ai dit « C'est Thomas. » Alors, elle a crié « Je n'ai plus rien ! Ça m'a quitté ! » Elle a proféré ça d'une voix triomphante, et puis sa tête est retombée sur l'oreiller, et elle a répété « Ça m'a quitté » moins fort, mais avec le même accent de triomphe.

Le peu que je l'ai connue, elle a toujours eu cette voix triomphante. À notre première rencontre, elle m'avait lancé en rejetant sa fumée de cigarette dans un brusque mouvement en arrière de sa chevelure, geste de star de cinéma des années cinquante : « Si vous saviez comme c'est bien de vieillir ! »

J'avais trouvé cette phrase horrible parce qu'elle voulait m'entraîner précipitamment vers son âge à elle, vers sa vieillesse. Elle se disait qu'avec moi, c'était comme avec son fils, à peine quelques années de plus, on était presque sœurs, juste de quoi avoir l'autorité nécessaire pour me dire qu'il était formidable de vieillir. Elle me précédait dans la vieillesse et me prévenait que c'était bien.

Mais je n'en voulais pas, moi, de sa proximité, de ses parallèles, j'avais bien le temps d'être vieille comme elle. Et je n'étais pas sa sœur.

Il y avait chez Marthe la tentation permanente de brouiller les cartes de la parenté, de la généalogie, des générations même. Ce refus de nommer le père de Thomas relevait de la pose, mais elle s'y tenait. Depuis cinquante ans, elle n'en démordait pas : ça n'avait pas d'importance. Ce qui comptait c'était qu'il soit son proche, son plus proche ; fils, frère, père, oncle, amant, au choix. Nommer le lien eût été le réduire. Or, leur lien n'était réductible à rien, à personne. Qu'importait le géniteur. Quand il insistait pour qu'elle donne un nom, elle répondait : « Mais qu'est-ce que ça change ? J'écoutais Haydn quand j'étais enceinte de toi, toute la journée, c'est ça qui compte. »

155

LUI

Quelques années plus tard, je serai mis en contact avec l'un de mes demi-frères Patrix.

La rencontre se fera – coïncidence à peine croyable, mais il y a beaucoup plus de magie dans la vie qu'on ne s'autorise à le voir – sous les annonces accrochées dans le hall d'une agence dont j'étais à l'époque le directeur de création, qui étaient signées : « Brother, vous aviez un frère et vous ne le saviez pas. »

Mon père, confirme-t-il, est mort depuis longtemps sans jamais se départir de son alcoolisme légendaire, en laissant derrière lui une œuvre en route vers l'oubli.

Avertie de ces retrouvailles, ma mère qui malgré son déni veut en être, me remet un long poème manuscrit que Patrix lui a envoyé, peu avant ma naissance. Sur trois feuillets jaunis et fragilisés par le temps, s'étale une écriture nerveuse et serrée, très semblable à la mienne.

Il s'intitule « Le Massacre des Innocents » et narre, sur le ton de rengaine qu'affectionnait Prévert, la lugubre rencontre de deux amants dont les mains se sont « jointes sur le corps froid, doux et poli comme une pierre funéraire, sur le corps un peu trop gluant, sur le corps mort de leur enfant ».

Je retrouve récemment ce thème de l'enfant gluant sur une toile de Patrix peinte en 1946, l'année de ma naissance.

C'est une maternité exécutée dans le style néocubiste violent qui était le sien, style qui, à mes yeux, n'a jamais su se dégager d'une rigidité trop systématique. On y voit une jeune femme allongée, nue, ensanglantée, découvrant entre ses jambes écartées une énorme vulve. À sa gauche, un nouveau-né également ensanglanté occupe le tiers de la toile, peint la tête en bas, comme le Pendu du tarot.

Ma mère, déflorée, fécondée, et moi sorti de son ventre. Moi ou toi, monsieur mon géniteur ? Devant un enfant qui naît, il y a toujours un moment de confusion avec soi qui fait qu'on l'adopte ou le rejette.

Le Pendu dans le tarot de Marseille : utopiste, rêveur, perdu dans les nuages et dépourvu de sens pratique. Enthousiaste nourri d'illusions. Artiste concevant le beau mais incapable de le traduire en œuvre. Projets irréalisables. Vœux généreux mais stériles. Amour non partagé.

Mon pauvre père, comme il te ressemble ! Comme il me ressemble !

Tu n'as voulu ni me reconnaître ni épouser ma mère, considérant, j'imagine, que tu avais bien assez fait pour elle en la sauvant des griffes de la Gestapo. C'est indéniable, tu as pris le risque de la cacher alors qu'elle était juive et que son frère était un terroriste de l'Armée du Crime. Si tu t'es payé sur la bête de ton courage, ma foi, ce n'était que justice amoureuse. En tout cas, on ne peut pas dire que son sort ni le mien t'aient beaucoup préoccupé par la suite. Mais bon, tu étais un artiste et les artistes ne font rien comme tout le monde.

Je cours où, seul avec mon courroux ?

156

Elle

J'ai compris tout de suite de quoi elle parlait, quand elle a répété : « ça m'a quitté. » Thomas, non. Il a dit « Quoi, qu'est-ce qui t'a quitté, Marthe ? » Il l'a appelée par son prénom. Sur le moment, j'ai cru que c'était parce qu'il ne voulait pas entendre ce qu'elle marmonnait, mais en y repensant, ce n'était pas seulement ça : il essayait d'être encore plus près d'elle, et, en même temps, le plus loin possible. Marthe pouvait mourir, pas sa mère.

Il n'arrivait pas à s'approcher du lit, à la prendre dans ses bras. Il est resté debout près d'elle sans bouger. Et puis le téléphone a sonné, une forte sonnerie, j'ai décroché. Une de ses amies appelait de New York. Je lui ai passé le téléphone. Elle a parlé fort, elle redevenait vive tout d'un coup, racontant qu'elle avait rêvé qu'elle était guérie et que, finalement, c'était Thomas qui était le plus mal en point parce qu'il avait de la fièvre.

Elle a raccroché, j'ai reposé le téléphone, et sa tête est retombée sur les oreillers. Elle a fermé les yeux.

Il s'est assis au bord du lit, a pris sa main et l'a pressée dans la sienne. Et je voyais l'effort extraordinaire que lui demandait la caresse de cette main de mourante. Elle s'est assoupie à nouveau. Il pleurait.

Je suis repartie à Paris, je ne suis pas restée jusqu'à sa mort. Mes filles m'attendaient, il fallait que je rentre. J'aurais préféré rester. Pour la première fois, j'étais à ma place, celle de la femme de Thomas. Oui, j'avais des pensées aussi sordides et bêtes que celle-là. Cette femme mourait, ses enfants, ses amis étaient effondrés, et moi, j'étais fière d'être là. Contente ? Presque. Certes, j'étais terrorisée par cette mort qui s'approchait, mais entre elle et moi, il y avait Thomas. Lui me protégeait d'elle. Et moi je le protégeais aussi. C'était mon rôle.

Mais pour l'ultime rendez-vous, il n'y avait plus de protection possible. Je les ai laissés à ce chagrin qui n'était pas le mien ; je l'ai laissé, lui, dans la chambre de Marthe, par terre au pied du lit, les bras tendus vers elle sans la toucher, la tête posée sur le drap. Le chat avait disparu. Il regardait, il attendait. Sarah venait d'arriver. Et son frère.

Et d'un coup, j'ai eu peur de te perdre.

157

Lui

Ma mère mourait. C'était la dernière nuit de sa dernière aube. Il me fallait prendre place auprès d'elle, l'assister du mieux possible, l'accompagner au plus loin. Je n'y serais jamais parvenu si tu n'étais venue m'offrir ta tendre sollicitude.

Elle avait dit : « On lutte, c'est tout », qui est la vérité sans fard de l'agonie comme de la vie, et ce soir elle dit : « Qui sommes-nous ? » et : « Je dors à l'envers » et : « Je ne veux pas mourir » quand le médecin lui injecte, vers dix heures du soir, une première dose massive de morphine.

Elle n'a jusqu'à cet instant – alors que ses pieds bleu violacé, déjà morts, lui interdisaient de marcher – cessé de se mettre sur son séant, de s'asseoir au bord du lit pour se lever et partir, comme si elle pouvait fuir, aller ailleurs, quitter l'endroit où elle savait qu'elle allait mourir. J'ai vu son visage de souffrance grimaçante, d'où avait disparu toute la belle impudence que la vie arbore quand elle défie, inconsciente, la mort.

Je la repoussais, le plus tendrement possible, vers les bras de son amie où elle trouvait un instant refuge – lui jetant des regards implorants d'enfant apeurée, mordant le sein comme un nourrisson. Elle trouve enfin des bras maternels pour la consoler. Elle a payé d'un cancer mortel le droit d'y entrer, car sa mère, endeuillée, qui n'aimait pas les femmes, ne l'a jamais traitée que durement. Que de haine, que de mépris et de dureté dans cette famille trop marquée par la mort.

Après la deuxième injection de morphine, vers minuit, le soufflet de la forge qui va l'aspirer et l'expirer jusqu'à la faire disparaître se met en marche.

Sa respiration devient forte et profonde. Ses traits se creusent, son visage se stylise. Il s'épure, gagne en sensualité mystique, m'évoque celui d'Aménophis IV, pharaon adorateur du soleil. Par sa bouche ouverte comme pour la jouissance passe désormais toute sa volonté d'aspirer encore la vie. Elle pose deux mains détendues, d'une étonnante jeunesse, sur les épaules de son amie. Je me prends à penser « Dieu qu'elle est belle » mais d'une beauté qui n'est pas faite pour le charme, une beauté stupéfiante. Ses yeux fous ne regardent plus ici. Ils se retournent derrière les paupières entrouvertes tandis que décroît la puissance régulière du souffle.

Une élévation. Le sentiment que la fuite est finie, que la haine est finie, que la peur est finie, que la rancœur est finie, que le soupçon est fini, que la joie est finie, que tout est fini sauf ce sentiment d'amour dépouillant. Le souffle de l'agonisante balaie doucement tout ce qui l'entrave.

Je ne peux me résoudre à attendre sur un matelas à côté d'elle qu'elle rende son dernier soupir. Je pars dormir. On m'appellera à six heures : « Marthe vient de mourir. »

Je reviens. Le docteur et mon frère arrivent. Je sors le texte du Kaddish, rite séfarade, que j'ai ramassé à la sortie d'un enterrement et le tends au médecin qui est juif pratiquant, pour qu'il le lise. Reculant devant le sacrilège – il faut dix hommes pour dire la prière des morts – il le passe à mon frère qui en fait une lecture phonétique. Nous nous sommes mis une couverture sur la tête. Sous cette tente de fortune, pendant ce rite bricolé, je pleure.

Puis vient la pénible toilette de ce corps brinquebalé dont les bras virevoltent sans vie comme ceux d'une marionnette. Son amie infirmière lui met du coton dans la bouche, la retourne, la lange d'une couche, pour ne pas qu'elle s'écoule.

158

Elle

Je ne suis pas revenue pour l'enterrement. Je n'étais plus du tout sûre que j'y avais ma place. Au téléphone, Thomas disait qu'il voulait rentrer vite, les larmes avaient remplacé les malédictions, mais il parlait toujours de son dégoût. Celui de la mort, de sa mère. Je ne savais pas bien.

159

LUI

Son grand amour, l'homme dont elle a le plus souffert, est venu lui dire un dernier adieu. Il arrive en retard. Il croise sur le pas de la porte son cercueil fermé qu'on emporte vers le cimetière. Drôles de retrouvailles pour des amoureux.

Après mon discours d'adieu je dirai, sans le faire exprès, à ceux qui sont venus nombreux malgré la pluie : « Marthe vous invite à boire un dernier verre à sa santé. Champagne ! »

160

Elle

Le jour de son retour, j'ai préparé sa maison pour l'accueillir : du feu dans la cheminée, un dîner pas forcément bon, mais chaud, la table mise, des fleurs partout. Quand il a ouvert la porte, et qu'il a vu, il s'est mis à pleurer. Les larmes jaillissaient facilement de ses yeux à ce moment-là. Le feu dans la cheminée l'a ému plus que tout. Il s'est accroupi devant les flammes. Pour la première fois depuis son départ, il se réchauffait.

161

Lui

Maman, ta mort et ton agonie m'ont appris à respecter ton refus de mourir et donc ton envie de vivre et donc à me respecter moi-même, moi qui prolonge hors de toi cette envie que tu avais. Tu ne voulais pas de moi. Tu étais trop jeune, trop éprise de liberté. À la Libération il y avait mieux à faire – respirer, espérer étudier, apprendre à vivre – que de devenir fille-mère. Tu m'as des années durant menti sur ma naissance. Qu'importe. J'ai quitté la route du ressentiment et des douleurs et trouvé le chemin de la miséricorde.

Et puis au fond tu as raison, qu'est-ce qu'on s'en fout de savoir de qui je suis le fils ? Ce n'est ni l'artiste démissionnaire, ni l'homme ennuyeux portant en maugréant son lourd devoir de père qui m'ont élevé, c'est toi. Toi qui n'as, après votre divorce, plus jamais voulu entendre parler d'un mari qui t'expliquerait la vie, bien avant le féminisme. Toi qui réglais chaque jour, comme tu le pouvais et pas si mal au fond, la question de la survie de tes deux garçons.

Timidement, car ce n'est pas facile d'exister dans le monde des années cinquante et soixante, quand seuls les hommes et les femmes viriles avaient le droit de l'ouvrir – souvenons-nous, nous avions droit, au mieux, à Françoise Giroud – tu me laissais entendre qu'il ne faut pas se laisser enfermer dans des histoires qui ne sont pas les vôtres. On croit vivre des rêves ; on se construit des prisons où l'on s'enferme, aidé par des parents, des fantômes, des maris.

Je ne suis pas un prisonnier. Je l'ai compris quand Platon m'a enseigné qu'on pouvait sortir de la caverne et que je suis, par amour pour ce texte, devenu philosophe.

Je suis un philosophe : la vie m'offre la joie de la penser librement. Je te le dois, maman.

162

ELLE

On est en danger. On est tous les deux dans un accélérateur du temps. C'est le début du mois de mai, on est entre hiver et été, entre vie et mort, entre étouffement et libération. On passe du froid au chaud très vite, on est collés l'un à l'autre, lui et moi, et puis, on s'arrache, on se perd, il disparaît, happé par le chagrin, le désespoir, sa solitude d'orphelin tout neuf.

Il va jusqu'aux enfers. Il n'y va pas seul, je descends avec lui, il ne me voit pas, qu'importe, s'il est aux enfers, j'y suis aussi. Avec lui. Je suis venue avec lui, je ne repartirai pas sans lui, je le ramènerai à la lumière, au jour, à la vie, je ne le lâche pas.

Mais ce n'est pas comme ça que ça se passe. On ne descend pas impunément aux enfers. L'amour n'est plus l'amour aux enfers, il est poussière grise, cendres, plus rien à lâcher, plus rien à tenir. Tout s'échappe, s'effrite dans l'infinie obscurité.

Il me regarde avec terreur, il dit que les femmes traînent la mort après elles. Son regard change. Il ne me voit plus. Quelque chose de lui s'éloigne de moi pour longtemps.

Il reviendra à la lumière, à la vie. Plus tard. Sans moi. Avec une autre. Très jeune, très belle, très noire.

Chapitre 9

FEMME NUE, FEMME NOIRE

163

Lui

Elle ne marchait pas, elle glissait, la stagiaire africaine – comme glissait dans *Mars Attacks* la fausse femme intersidérale – sur le plancher en bois clair du long couloir où se faisaient face les box de verre occupés par les créatifs de l'agence dont j'avais pris, récemment, la direction de création.

Je la voyais évoluer – mon bureau était au fond et sa porte ouvrait sur le couloir – elle ondulait en jupe boubou bleu pétrole et ses fesses sphériques sous sa taille étroite semblaient rouler sur elles-mêmes, comme les roues à aubes d'un navire doté de jambes.

Elle parlait peu ou pas, ne cherchait aucunement, comme le font en général les stagiaires, le contact de ses semblables : pas de beuveries, pas de saucisson tranché dans des assiettes en carton, pas d'amis.

« Elle est complètement idiote », m'avait averti une collègue. Mais son jugement n'avait en rien altéré ma fascination. D'autant que nous avions été, ma collègue et moi, brièvement amants et que je la soupçonnais d'une once de jalousie. Il y avait un petit bureau vide tout près du mien. La splendeur venue d'un autre monde s'y était discrètement installée et m'avait invité à évaluer quelques signatures publicitaires – totalement inintéressantes – qu'elle avait produites à titre d'exercice.

Debout derrière elle, je fus frappé par la longueur impensable de ses doigts, dont les dernières phalanges se relevaient naturellement – alors que les danseuses cambodgiennes travaillent durement pour parvenir à un tel résultat – par la longueur de son cou où frisottaient en mini-boucles adorables ses cheveux crépus, par la délicatesse de ses oreilles, ravissantes comme celles d'un fœtus d'éléphant. Le visage d'ébène qu'elle tourna vers moi, attendant mes commentaires, affichait la sérénité géométrique, un peu hautaine des masques baoulés. La perfection altière de ses traits impeccablement dessinés avait quelque chose d'inflexible, d'intransigeant, comme c'est souvent le cas des visages qui portent trop de beauté. Pour atténuer la distance que ses traits imposaient, une odeur subtile, accueillante, florale et poivrée émanait de ses aisselles, embusquées derrière deux seins monumentaux.

Je n'avais de ma vie jamais vu une femme aussi belle, d'une beauté à ce point différente, taillée tout d'un bloc dans sa race – au sens non de racial mais de racé – sans que le divin sculpteur qui l'avait façonnée eût accepté la moindre compromission avec l'Occident.

Comme on était loin des prostituées qui s'offraient pour pas cher à la même époque au Rubis, une boîte africaine de la rue Dauphine fermée depuis par la police, toutes coiffées de perruques jaunes, vertes ou roses, comme Tina Turner ; toutes sexy, hilares et, en apparence, décontractées.

Elle, c'était Sainte-Mère-l'Afrique, impossible de la dissocier d'un rêve monolithique de pureté. D'autant qu'elle était vierge, musulmane et déterminée à le rester. Bouche bée, je la regardais déambuler avec une lenteur que je ne trouvais pas encore exaspérante.

164

Elle

Même aujourd'hui, je ne peux pas écrire que tu as vécu ce nouvel amour à mon insu. Je me rappelle bien la façon dont tu m'as raconté la beauté extraordinaire de cette jeune femme quand tu l'as découverte dans un bureau de ton agence. Tu ne peux pas t'empêcher de m'en parler.

Tu es émerveillé. Tu me le dis. Tu me le redis. Ce n'est pas par calcul, ni afin de me tenir à distance, mais au contraire pour me faire partager : elle est douceur, élégance, rêve, exotisme. Je trouve ton emballement un peu excessif mais je suis contente. Tu oublies un peu ton chagrin.

Ton appétit pour elle, je ne l'imagine pas. Pire, je ne le vois pas.

165

LUI

Peu après l'avoir rencontrée, je suis retourné voir au Louvre la déesse nubienne devant laquelle je m'étais recueilli avant d'accompagner ma mère pour son dernier voyage. Elle navigue pour toujours, sur sa barque immobile, dans un cube de verre, juste devant l'escalier qui descend aux sarcophages.

La solitude de l'une m'a tout de suite renvoyé à celle de l'autre. Le nom de l'Égyptienne c'est Anouket, surnommée aussi « celle qui féconde les champs », « celle qui tire en avant », « celle qui donne la vie », la déesse de la crue du Nil. Elle trône sur sa barque de procession, autrefois peinte, aujourd'hui écaillée, faite d'un bois noirci, comme brûlé par le temps, coiffée d'une tiare blanche surmontée d'un globe bleu sombre, vêtue d'or.

Le prénom de la stagiaire africaine – elle viendra me le dire en s'asseyant près de moi sans prévenir, comme un chat, sur le canapé de mon bureau où je m'étais un peu effondré au retour des funérailles de ma mère –, c'est Sahaba. Un nom où résonne de très loin celui de l'antique royaume biblique de Saba, où les Juifs étaient noirs ; un malheur n'arrive jamais seul.

La Nubienne descend le Nil où flottent les morceaux du corps démembré d'Osiris, le fleuve qui relie les morts aux vivants. Sahaba vient m'accueillir en silence sur les berges du même fleuve invisible, là où les deux royaumes communiquent.

Confondant l'une et l'autre, j'écris des poèmes en anglais. Aucun ne sera aussi beau que ce vers et demi, dédié à Cléopâtre, où je retrouve la sainte barque, porteuse de la reine des reines :

« *The barge she sat in like a burnish throne.*
Burnt in the water. »

Malheureusement ce n'est pas de moi mais de Shakespeare, dans *Antoine et Cléopâtre.*

166

ELLE

Elle t'apporte la paix. C'est ce que je retiens de tes confidences ; pour un peu je lui en serais reconnaissante. Tu me parles beaucoup aussi de sa virginité et d'une déesse égyptienne. Ça m'agace parce que tu t'es toujours moqué de mon attirance de bas-bleu pour le Louvre et je ne comprends pas ce que la virginite d'une jeune femme peut avoir de précieux pour toi. Tu insistes. Justement, c'est la paix de la virginité que tu as trouvée auprès d'elle, celle qui efface la misère des hommes provoquée par les femmes, toutes les femmes. Tu es enivré. La mort disparaît derrière la pureté, l'innocence, venues de ce continent noir que tu chantes désormais entre rives du Nil et côtes subsahariennes. Elle sera ta rédemption, ta consolation. Place à ta mère d'avant ! D'avant le sexe ! D'avant toi ! D'avant la mort ! D'avant moi ! Tu retournes à la vie.

Tout ça est grotesque. Je comprends que tu sois, après la mort de Marthe, terrorisé par ta propre finitude et que tout est bon pour fuir cet effroi, mais cette histoire de virginité me met mal à l'aise. C'est quoi ? Un cadeau ? Un chantage ? Elle s'offre comme un objet précieux, c'est ça ? Et voilà ce qui te trouble, toi ? Toi, mon égal ? Toi, mon compagnon ? Toi si éloigné de tout réflexe phallocrate ? Mais que t'arrive-t-il ?

La dernière personne que j'ai connue préoccupée de virginité, c'était ma grand-mère. À sa décharge, elle était née au XIXe siècle en Espagne, et le Saint-Esprit et la Sainte Vierge lui apparaissaient de temps en temps au détour d'un sentier de montagne de ses Asturies natales, voire dans un fossé, ou au sommet d'un arbre. Elle ne savait ni lire ni écrire, était championne en calcul mental et connaissait par cœur tous les saints du paradis. Pour elle donc, la virginité avait un sens.

Mais là aujourd'hui, cette virginité revendiquée, c'est aberrant. Et voilà que tu en parles avec émotion, toi ! Je te trouve un peu bête. Mais c'est moi la bête, la sotte. Je ne vois pas que tu es en train de tomber fou amoureux. C'est ça, oui : fou *et* amoureux.

167

Lui

Je n'étais pas seulement bouleversé par sa jeunesse et sa beauté, mais aussi par sa piété. Adepte d'une confrérie musulmane au mysticisme tranquille où les fidèles chantent vêtus de blanc la gloire de Dieu, elle ne ratait pas une des cinq prières quotidiennes, ne buvait ni ne fumait et vivait dans une quiète pureté que rien ne semblait pouvoir déranger.

Je me disais – me croyais-je moi-même, va savoir – que, près d'elle, mon existence dispersée pourrait reprendre un cours ordonné. Lavé par sa spiritualité, comme par l'eau d'un baptême, je pourrais remonter le courant et revenir à la source.

Je me laissais bercer par le fol, l'imbécile espoir que ma vie soit rendue par une autre qui était si peu ma semblable – tant son âge, sa couleur, ses croyances la rendaient différente – plus pure et plus profonde. En la regardant prier, je songeais : après tout, pourquoi sommes-nous là, sur ce fleuve transitoire, si ce n'est pour accumuler, en brûlant, de l'éternité ?

168

Elle

À mon corps défendant, je m'intéresse à elle de façon distraite et déjà obsessionnelle : qui est-elle ? Que veut-elle, elle qui semble ne ressembler à aucune de tes maîtresses précédentes ? Qu'imagine-t-elle aussi ? Voit-elle en toi autre chose que le vieux Blanc, riche et patron d'agence ? A-t-elle été émue, à son tour, à votre première rencontre ? L'avait-elle programmée ? Qui l'a convaincue de te séduire ? T'avait-elle vu avant, sans que toi tu la remarques ?

Est-elle enivrée par le pouvoir de sa beauté sur toi ? Ou au contraire conçoit-elle un mépris immédiat pour la convoitise que tu manifestes comme tous les hommes ?

Quel élan, quel désir s'éveille en elle ? Désir d'enfant ? De mariage ? De confort ? D'amour ? De réussite ? De liberté ? De revanche ? De métissage ? De sexe ?

Non, pas de sexe. Sa virginité seule compte. Elle te l'offre comme un cadeau précieux. À quel prix ? Que veut-elle en échange ? Je devine une assurance naïve et obstinée que rien n'arrête. Je tremble pour nous.

169

Lui

Quand je l'ai pénétrée avec toute la délicatesse dont j'étais capable, elle a tressailli.

Elle voulut garder le drap de sa défloration, attachant à l'événement une importance que je ne comprenais pas.

Je vis depuis longtemps dans un monde où la perte de la virginité est une formalité insignifiante. J'avais même observé à quel point c'était pour ma fille un détail vite oublié, l'ouverture de la porte qui la conduisait à sa liberté. Mais pour elle, non, ce n'était pas ça.

Commence ici quelque chose que je n'ai pas voulu voir. Un angle mort s'ouvre, où le chasseur, quoiqu'il s'en défende, deviendra proie.

170

Elle

Je tombe un jour sur des photos de son visage, de grandes photos en noir et blanc. Je la reconnais tout de suite, sans l'avoir jamais vue. L'ovale parfait, la symétrie inquiétante des traits, l'arcade des sourcils impeccablement dessinée... La bouche, épaisse, touche presque les ailes du nez, petit, à peine épaté, qui se creuse en remontant vers le front. Ma mère disait « chatta », pour ce creux entre les deux yeux qui signe la beauté d'une femme. Celle-là plus qu'une autre.

Je regarde ses lèvres, elles sont le centre des photos, captivent le regard. Mon homme d'avant avait les mêmes ; épaisses, fermes, douces, elles m'attiraient, je n'y résistais pas, je ne m'en lassais pas.

Tu as toujours manifesté une curiosité ombrageuse à son égard. Il est métis. Et j'ai la vague sensation que tu tombes amoureux d'elle parce que tu es à ma recherche. L'écran de ma jalousie, c'est la négritude de cette jeune femme. Je me plais à croire que tu cherches à travers elle les traces de ma vie d'avant. En tombant dans ses bras, tu tentes de mettre au jour, de t'approprier cette partie de moi. Tu veux tout connaître de moi, comme moi.

Et quand tu goûtes les lèvres de ta beauté africaine, je crois que nous sommes toi et moi encore plus près l'un de l'autre. C'est enfantin et prétentieux une idée pareille. Pour étouffer la jalousie, on a les stratagèmes qu'on peut.

Et pour éviter le moindre sursaut de haine, je rappelle mes souvenirs. Comme j'ai aimé sa couleur noire ! Je me souviens de mon premier réveil près de lui, son bras, long, noueux, sombre avec des reflets dorés, sur ma jambe claire, trop claire ; le soleil du matin jouait avec nos couleurs opposées, il dormait, je ne bougeais pas, je contemplais sa peau noire sur ma peau soudain si blanche ; j'avais trouvé ma couleur complémentaire, nous ne nous quitterions jamais, entrelacés l'un à l'autre pour l'éternité, noir, blanc, noir, blanc, et nous aurions des enfants, noirs, blancs, blancs, noirs, et ils auraient des cheveux crépus et dressés sur la tête comme leur père et nous serions heureux. Nous avons été heureux, nos enfants sont nées, belles, ni noires ni blanches et sans cheveux crépus dressés sur la tête. C'était avant toi. Avant, aussi, ces lèvres sur la photo.

Je sors tous ses portraits de la boîte où ils étaient enfermés. Son visage répété des dizaines de fois, de face, de profil, bouche close, lèvres entrouvertes, paupières baissées ; ses poses sont de plus en plus animales et jouisseuses. Avant que je m'en détourne, tu t'es jeté sur les clichés étalés et les as fait disparaître. La violence de ta réaction m'étonne. Tu n'es pas fâché, tu as l'air pris en faute. Que crains-tu de moi ?

171

LUI

Gloire ! Gloire au corps en gloire ! Aussi beau, aussi neuf que celui de ma mère, quand elle m'avait fait naître à dix-sept ans.

« Femme nue, femme noire », dit Senghor une fois pour toutes, quand il veut dire le choc de la beauté africaine. Le choc quand elle sort de la douche. Mais où est-elle allée se trouver un corps pareil ! Le choc de l'eau qui se disloque en scintillant sur sa peau ! Et ses seins, comment font-ils pour tenir ! Et ses jambes ! Pauvres de nous, hordes de gnomes à la peau pâle ! Et son sourire étincelant ! La Joconde devrait aller voir un dentiste ! Et tous ces boubous, ces drapés, ces tresses, ces gris-gris qu'elle porte sur le nombril ; ces pagnes, ces sous-pagnes, ces surpagnes, ces turbans, ces coiffures audacieuses, périlleuses, qu'elle fait et refait sans cesse ! Et d'ailleurs, qu'est-ce qu'elle fait d'autre ? Ah si ! Elle regarde « Gloire et Beauté ». Mais qu'importe ! Elle regarde aussi Arte, prend des cours de chant classique, et son frère est pilote de ligne, son père fonctionnaire international et sa mère femme de lettres. Ça me rassure.

172

Elle

Tu es amoureux. Je n'ai pas réussi à le comprendre toute seule alors que ça crevait les yeux, mais tu as parlé. Du coup, tu deviens intarissable. Tu me confies comme à une vieille amie tous les éblouissements de ce nouvel amour.

Mais je ne suis pas ta vieille amie. Je ne veux pas l'être. À chaque rencontre, j'explose. Quand tu vantes sa douceur et son élégance naturelle, je te fais remarquer que tu n'as pas le courage de vivre avec elle. Quand tu me racontes son désespoir d'être stérile, je te demande avec qui elle a essayé de faire des enfants et je m'étonne qu'elle s'en inquiète : à dix-huit ans, on a d'autres buts dans la vie. Ma colère éclate la première, la tienne suit.

Place de la Concorde, tu ouvres la portière au milieu de la circulation et sautes en marche quand je ralentis au feu rouge ; tu disparais entre les voitures, je repars sur la rive gauche, chez moi.

Quelques jours plus tard, tu sautes à nouveau en marche (mais pourquoi ma voiture n'a-t-elle pas de fermeture automatique des portes ?) boulevard Bonne-Nouvelle ; tu te perds dans la foule des badauds ; je vais t'attendre au pied de ton immeuble pendant plus d'une heure.

D'autres fois, tu te lèves au milieu du repas et t'enfuis fou de rage en réglant ou non l'addition.

Ou alors, c'est moi qui te plante là avec ton air idiot et rêveur quand tu évoques sa jeunesse et son innocence d'un air gourmand. Je ne suis même pas certaine que tu te rendes immédiatement compte que je suis partie.

173

Lui

Je suis amoureux, mais je reste un menteur. Cette histoire n'aurait jamais pu s'édifier, prendre forme, même si ce fut celle d'un château de cartes, sans ma propension ontologique au mensonge.

Ma mère me donnait souvent en exemple – mais bon Dieu, exemple de quoi ? Le courage de l'enfant spartiate qui vole un renard, le cache sous sa tunique et préfère se faire dévorer les entrailles. C'est elle qui, à l'âge de l'enfant spartiate, cachait sous sa tunique quelque chose dont elle aurait bien voulu se débarrasser : moi, à qui elle mentira sur sa naissance. Et moi, depuis, je mens, pour lui donner raison et réparer son mensonge.

Enfant né d'un mensonge, je mens depuis que je respire, comme je respire. Parce qu'un mensonge en entraîne un autre, impossible de cesser de mentir. Qu'est-ce que je te racontais de Sahaba ? Je ne m'en souviens plus. Je ne lui parlais pas de toi. Je me construisais entre elle et toi, un monde de mensonges, sorte de jeu de Lego factice et instable. Je ne mesurais pas à quel point mentir rend le menteur coupable, vulnérable et sa vie friable. Je vous cache l'une à l'autre. Je suis, à force de fabriquer un secret, désemparé et, sans le savoir, prêt à accepter n'importe quoi.

174

Elle

Mais non, tu ne mentais pas. Tu mentais sur les détails, pas sur l'essentiel. L'essentiel, c'était elle, et tu ne cherchais même plus à le cacher ; elle prenait toute la place désormais. Tu te fâchais de moins en moins, tu ne sautais plus de ma voiture en marche, et d'ailleurs tu n'y montais même plus du tout. À chacune de nos rencontres de moins en moins régulières, tu affichais une légèreté insouciante et distraite qui me consternait. Tu ne mentais pas, tu étais ailleurs.

Tes mensonges, c'est autre chose, et pour être tout à fait sincère, ils m'ont rarement dérangée. Nous savons tous les deux que tu n'es pas fidèle, c'est acquis, la trivialité des détails qui font souffrir n'est pas nécessaire, merci de me les épargner.

Ça m'arrange. Ce n'est pas seulement par souci de me préserver, c'est aussi parce que j'y trouve mon compte. Va ! Va sur d'autres chemins, vers d'autres corps, d'autres âmes. Sans toi je serai libre et contente, comme tu l'es sans moi. Je ne sais pas si je fais de la liberté ce que tu en fais toi, peu importe, ma vie n'est pas calquée sur la tienne. Tes mensonges nous protègent de l'enfermement où se complaisent les couples fidèles. La fidélité est une entrave dont tu ne veux pas. J'approuve, ta liberté est garante de la mienne.

Mais là, dans cette histoire, elle était où ta liberté ?

175

Lui

C’était toi ma liberté. Sahaba n’en avait que faire de la liberté, à commencer par la sienne. Elle, c’était : vierge et donc promise ou déflorée, donc épousée, donc épouse et mère de famille sinon – déshonorée. C’est une femme de l’Islam.

176

Elle

Tu es passé d'une fascination à l'autre. Fascination de ta mère morte, de son visage de morte qui l'éloignait de toi à tout jamais. Fascination de ce corps neuf, noir, étranger. Deux territoires inconnus, l'Afrique et la mort. Voilà, et c'est peut-être pour toi le seul moyen de revenir à la vie, passer par l'Afrique... Sans t'arrêter près de moi.

177

Lui

Je ne sais pas ce que c'est l'Afrique avec un grand A. Je pense même que ça n'existe pas. Mais dans cette histoire, je ne suis pas sûr que penser fût mon principal souci. Si je l'avais fait un peu plus, j'aurais sans doute découvert que Sahaba, dans la lumineuse évidence de l'amour que je lui portais, remuait en moi d'étranges ténèbres.

Bien sûr comme beaucoup, je trimballe l'idée d'une Afrique des commencements où se joueraient les drames fondamentaux et toujours identiques qui font l'humanité de l'homme. C'est sûrement idiot. Pourtant je ne peux m'empêcher de penser que je suis, dans cette histoire, repassé par le fondement de mon être.

L'amour que je portais à Sahaba jouait à la fois comme un soleil et comme une éclipse. Il aurait dû m'éclairer, il me servait à ne pas voir que je faisais avec elle comme mon père avec ma mère, déflorant la toute jeune étrangère qu'il avait recueillie en protecteur, pour la mettre finalement enceinte de moi.

Je n'ose pas tout à fait assumer ce que je vais dire tant ça peut sembler paradoxal mais je rejouais à travers Sahaba ma possibilité de naître. J'étais revenu là où, pas encore né, ni même conçu, je cherchais pourtant à me frayer un passage vers la vie, en jouant tous les rôles, y compris, on le verra, celui dévolu à ma mère, de la femme abusée. En somme, dans cette histoire, ma vie prenait, même si le terme peut sembler grandiloquent pour un publicitaire, des allures de destin.

178

Elle

Alors on obéit au destin : on décida de se quitter. Ce fut difficile. Pour moi et pour toi. Donc, on ne parla pas de rupture. On se raconta que tu avais besoin de temps et moi de solitude : je répétais au théâtre, je ne pouvais pas me disperser dans nos colères et nos étreintes. Le théâtre ressemble parfois à un couvent, j'entrais au couvent. J'espérais ainsi te tenir à distance, t'oublier un peu et sauver la face.

Toi, tu t'abandonnais dans les bras de Sahaba, moi le théâtre me prenait toute, aussi exigeant qu'un amant impérieux.

Ce n'était pas vrai. Le théâtre ne me prenait pas toute et j'étais très malheureuse. Depuis la colline de Ménilmontant où était perchée la salle de répétition, je regardais par les fenêtres ; je guettais le vol des mouettes qui survolaient Paris, le mouvement des nuages qui balayaient le ciel d'est en ouest, l'apparition des premières étoiles. Je cherchais un signe, le signe que tu n'étais pas loin, que tu ne m'oubliais pas, que nous nous retrouverions. J'avais adopté une sorte de mantra, une courte prière, la dernière phrase de *La Divine Comédie* de Dante : « *L'amor che move il sole e l'altre stelle.* » Si l'amour faisait bouger le soleil, il pouvait bien te ramener vers moi. Je la murmurais chaque fois qu'une mouette traversait le ciel, chaque fois qu'une étoile apparaissait. Et ça a marché.

Un soir, sur le trottoir de la rue Boyer, alors que je sortais de répétition, mon portable a sonné ; c'était un message de toi : « Je voulais savoir comment tu allais, ça doit être de la curiosité malsaine, je t'embrasse. » Ce n'était pas malsain, je t'ai rappelé. Nos voix étaient altérées par l'enchantement de nous entendre.

179

Lui

Nous n'avons pas tranché, nous n'avons pas renoncé l'un à l'autre. Nous sommes passés aussi loin que nous pouvions l'un de l'autre mais nous ne nous sommes pas suffisamment éloignés dans le temps et l'espace pour que cesse l'attraction.

Méfions-nous pourtant d'une certaine complaisance et n'invoquons pas notre amour pour en faire le prétexte de notre lâcheté.

Produits et promoteurs d'un monde où tout était permis, nous sommes faibles et désarmés dans le monde qui s'annonce : celui où tous les coups sont permis.

180

Elle

Tu es toujours fasciné par la différence de cette femme, comme si sa culture rejoignait celle d'un monde neuf et brutal qui nous exclut. Je ne suis pas lâche, pas dans cette histoire en tout cas. Et toi, qu'aurais-tu pu lui dire qui témoigne de ton courage ? Que tu étais mon homme et que j'étais ta femme ? Mais toi-même tu n'en étais pas convaincu. Nous n'étions pas un couple. Même si certains de nos proches (et aussi quelques-unes de tes maîtresses) n'en doutaient pas, nous ne nous affichions pas comme tels : pas de mariage, pas de vie commune, pas d'enfant ensemble, tu lui as laissé croire de toi ce que tu croyais être : un homme seul. Celui-là ne sait pas, ne veut pas choisir. Dont acte.

Et sans le dire, sans le reconnaître, en silence, malgré elle, nous allons être heureux. Pour vivre heureux, vivons cachés ; pour vivre cachés, vivons heureux. Les mots nous encombrent. Alors, taisons-nous ! Écoutons ! Jouons ! Aimons ! L'amour est ce continuo qui soutient la mélodie et permet à toutes les fantaisies de s'exprimer. Fantaisies musicales, fantaisies amoureuses, il tient la note.

Cette fantaisie se joue à deux dans une sonate où nous sommes trois. À deux, entre toi et moi ; à deux, entre elle et toi. La partition aurait dû être celle-là :

Allegro vivace, on s'aime, on est heureux ;

Adagio, tu perds ta mère, tu es bouleversé ;

Scherzo, tu rencontres une très jeune femme, tu tombes amoureux ;
Andante, la femme délaissée (moi) reste seule avec son chagrin, son âge et son amour offensé ;
Allegretto presto, les deux amoureux s'aiment.

Il manque un mouvement à la sonate, le dernier. Ta liberté endeuillée t'a conduit vers elle sans te séparer de moi. Nous sommes trois dans le finale. *Allegro con brio.*

Elle seule l'ignore.

181

Lui

Esprits forts, esprits libres ? Forts et libres, mais seulement en esprit. Pour continuer à tisser la toile fragile de cette liberté qui admet tout et son contraire, de cet amour qui refusait d'imposer quoi que ce soit, nous avons reculé non par manque d'amour, mais par manque de détermination dans notre amour.

Je n'ai rien dit à Sahaba et nous nous sommes revus, en cachette. En cachette ! À nos âges ! Mais qu'avions-nous à cacher ? Le vieil Occident est un zèbre fatigué, il se cache pour aimer comme une proie qui soupçonne qu'elle est facile à prendre.

182

Elle

En cachette, oui, déjà. Avant même qu'elle s'installe chez toi. Et malgré toi. Tu voulais lui être fidèle, j'étais devenue la tentatrice qui te conduisait hors du chemin sacré de l'amour. Ce nouveau rôle ne me déplaisait pas. On se voyait peu, tu laissais passer plusieurs semaines avant de me téléphoner pour me fixer rendez-vous. Mais toujours tu rappelais et je revenais. Je pleurais beaucoup bien sûr, mais en même temps – ah ! je sais, tu détestes que je dise ça – je m'endormais tous les soirs dans la certitude de notre amour. J'étais la seule à en avoir la charge, mais il était là, vivant, intense, éclatant. Je n'en ai jamais douté.

Sahaba non plus ne doutait pas. Elle ne connaissait pas notre histoire, mais sans doute avait-elle compris qu'elle devrait livrer bataille pour te garder. Elle était jeune et belle, plus jeune et plus belle que toutes tes femmes d'avant, elle a cru que ça suffisait, qu'elle pouvait t'enfermer dans son projet. Forcément, ça n'a marché qu'un temps.

Chapitre 10

LA TEMPÊTE

183

Lui

Quand ma mère est morte je suis devenu propriétaire. Nous avons, mon frère et moi, mis en vente les quelques biens immobiliers qu'elle possédait dans le Midi et je me suis mis en quête d'un appartement à Paris, dans le quartier où je vivais et voudrais toujours vivre, aux abords du Palais-Royal. En signant l'acte d'achat, je me sentais investi de la tranquille importance du possédant. Je pouvais dire mon-ma-me à propos d'un bien qui ne serait qu'à moi et dont je pourrais profiter – avec ma fille Sarah et mon chat Félix – en toute liberté.

184

ELLE

La liberté, oui. La mort de ta mère t'apporte de l'argent et te débarrasse du poids de l'héroïsme des oncles et de la lâcheté des pères, tu es libre en effet, tout neuf de liberté. « La liberté est débâcle », constate Pascal Quignard.

Débâcle, c'est-à-dire dégel et printemps, mais aussi désordre, confusion, débandade… Tu es emporté sans moi.

185

Lui

Je venais, pour la première fois de ma vie, d'accepter qu'on puisse s'affirmer autrement qu'en cassant. Je découvrais que construire peut avoir plus d'attrait que détruire, même si dans les travaux, la phase de démolition reste à mes yeux la plus captivante.

186

Elle

Ton appartement, tu l'as acheté au plus fort de ta passion amoureuse pour Sahaba. Tu rêves d'un lieu à toi, rien qu'à toi, où je ne suis pas ; et au moment où tu accomplis ton rêve, ton cauchemar préféré se réalise : l'invasion d'une femme. Bien sûr, ce n'est pas un hasard.

De toutes tes maîtresses tu t'es méfié, chez toutes tu as senti, avant même qu'elles en soient conscientes, leur désir d'envahir ta vie. Tu t'es méfié de moi comme des autres, et tu as eu raison, puisque j'ai caressé à mon tour le rêve de vivre avec toi, sous ta protection sociale, économique, amoureuse ; tu aurais été mon père, mon fils, mon mari, alléluia, et le Saint-Esprit. Heureusement nous y avons échappé.

Tu t'es méfié de toutes, sauf de celle qui, justement, est en train d'accomplir ton destin ; et ce que tu as tant craint arrive enfin, telle une évidence si redoutée qu'on finit par l'espérer : une femme s'empare de toutes les parcelles de ta vie, au moment même où tu t'installes dans tes murs. Cette pirouette du destin est assez cocasse. Pas pour toi, je comprends.

187

Lui

L'agencement originaire des bureaux désaffectés que j'avais acquis était celui d'un appartement Directoire. Reliées entre elles par de belles portes en chêne à double battant, les pièces s'ouvraient les unes derrière les autres. Elles donnaient, par deux séries opposées de fenêtres, d'un côté sur une cour arborée et de l'autre sur une rue paisible.

Je m'inspirais du style net et sobre de cette période qui avait vu triompher Joséphine de Beauharnais, pour organiser l'architecture et la décoration du lieu. J'eus recours à l'audacieuse suavité des couleurs de la Malmaison pour en égayer les murs de vert olive pâle, de bleu ciel ou de brun chocolat.

Un soir, pendant les travaux, je contemplais, adossé à une voiture garée sur le trottoir d'en face, les cinq fenêtres de mon appartement. La rue était déserte et calme. Soudain, je vois surgir de la nuit, sur ma gauche, une meute de six jeunes garçons silencieux. Ils m'ont repéré et se mettent sans un bruit à courir dans ma direction. J'aurai juste le temps de traverser la rue et de composer mon code, pour entrouvrir la lourde porte cochère, m'y faufiler et fermer. À une seconde près, j'y passais. Ils se précipitent violemment sur la porte pour tenter de l'ouvrir, avant de disparaître sans un cri ni un mot, dans la nuit.

Quoique terrifié, j'étais fasciné par la muette détermination de cette bande de gamins prédateurs. Ils ne théâtralisaient pas leur violence. Ils l'exerçaient, usant du silence comme d'une arme supplémentaire. Ils n'avaient rien à me démontrer. Ils voulaient juste me dépouiller.

Incroyable ! Me faire ça à moi ! Un être si paisible, dans un quartier si calme ! J'avais eu de la chance, et du coup, n'avais pas su tirer la leçon de cette partie de chasse nocturne : un bon prédateur bondit sur sa proie selon un angle mort qui lui fera trouver l'attaque surprenante parce que ne l'ayant pas vu venir, elle n'aura pas eu le temps d'y réagir. Incroyable, s'étonne le gnou, quand le lion est déjà sur sa nuque.

188

ELLE

C'est toi, le gnou ?

189

LUI

Gnou ? C'est drôle. Sahaba aussi, pour rire, m'appelait Gnou.

190

Lui

Peu après cet incident, il y eut la grande tempête de décembre 1999.

La veille, rue des Petits-Champs, le long ruban rectiligne du ciel qui se découpe, entre le sommet des immeubles, jusqu'à la place des Victoires, est trop bleu, trop voyant, pas assez pâle pour un ciel d'hiver. Et dans ce ciel anormal, mystiquement lumineux, flottent des nuages bizarres, comme des meringues géantes. Quelque chose s'annonce qu'on ne comprend pas.

Le lendemain, je suis réveillé vers sept heures du matin par les claques que se donnent les immeubles, à coups de volets, si violentes qu'on se demande s'ils vont s'en relever. Dans un fracas de tonnerre théâtral, une cheminée tombe sur le trottoir. Je cours à la fenêtre : les grandes poubelles vertes glissent sur la chaussée, mutilant les voitures. Que se passe-t-il, c'est incroyable, on n'est pas dans le tiers monde, c'est quoi cet ouragan ? Seigneur, ça déménage ! Paris déménage, la France déménage, il est temps que je déménage.

Peu après, j'ai emménagé dans mon nouvel appartement.

191

Elle

La tempête, c'était le 26 décembre, le lendemain de Noël. Un dimanche, au petit matin.

À 7 heures, quand je sors de chez moi, les poubelles valsent dans la rue, je me précipite dans ma petite auto, j'ai peur des branches qui volent, d'un échafaudage qui tangue tout près ; je m'engage sur le périphérique, la voiture est secouée par le vent, j'ai du mal à tenir la route. Quand je traverse la Seine, je suis toute seule sur le pont, l'Austin chasse, j'ai très peur que le vent ne m'emporte dans l'eau, j'essaie de rester au milieu de la chaussée ; enfin, j'atteins le dernier virage, je m'engouffre dans le parking de TF1, ça y est, je suis à l'abri, sauvée ; je m'arrête, je tremble longtemps de tous mes membres.

Et Alain Gillot-Pétré va mourir quelques jours plus tard, juste avant l'an 2000. Il voulait être emporté par un cyclone, c'est la tempête qui est venue annoncer sa fin.

La peur, le courage de l'affrontement, l'exaltation héroïque ont surgi dans la fureur des éléments. Seule sur mon pont, au milieu des vents déchaînés, j'ai gardé le cap, je n'ai pas flanché. Je suis forte, je le prouverai.

Je te retrouve quelques jours plus tard pour le réveillon, désorienté, amoureux et fragile. C'était juste avant ton emménagement dans ton nouvel appartement. Le courage face aux éléments, j'allais vraiment en avoir besoin.

192

Lui

Début juillet 2000, Sahaba m'annonce qu'elle n'a plus d'endroit où loger : le studio qu'elle occupait dans sa résidence universitaire lui a été – dit-elle – brutalement retiré. La voilà de fait installée chez moi. Ça ne m'enchante pas, mais je veux encore croire que c'est provisoire. Je pars, comme prévu, quinze jours avec Sarah, en vacances à Amsterdam.

193

ELLE

Nous avons rompu (une fois de plus) juste avant ton départ pour Amsterdam, te souviens-tu ? C'était la fin du mois de juillet. Sahaba habitait chez toi depuis trois semaines ; les premiers jours de son installation, tu paniquais, tu cherchais partout une chambre, un studio où elle aurait pu loger, je t'avais aidé comme je pouvais, sans grand résultat.

Et puis, peu à peu tu avais moins parlé de l'urgence de son départ, ton projet de vacances avec Sarah t'occupait tout entier, tu n'avais même plus le temps de me voir.

Je t'ai appelé, tu étais sur une bande d'arrêt d'urgence, en repérage en pleine autoroute pour un de tes films de pub. Je t'ai dit que c'était fini, j'abandonnais la partie ; je parlais fort pour couvrir le bruit des voitures qui passaient à toute allure. Tu t'es mis à crier : « Je suis plaqué sur une autoroute ! Je suis plaqué sur une autoroute ! » Je crois que tu riais. Ton rire, ton cri, tout était fou, tourbillonnant ; je faisais bien de m'éloigner.

Le lendemain, je t'ai envoyé une carte postale reproduisant *La Tempête* de Giorgione. On y voit un jeune homme qui marche, un bâton à la main ; il regarde, au-delà d'un ruisseau, une jeune femme presque nue qui tient un enfant dans ses bras. Dans le lointain, au-dessus des toits où s'est posée une colombe, un éclair strie le ciel sombre. Tempête.

Au dos, j'avais écrit : « Mon amour, je cherchais la liberté joyeuse. Je voulais la chercher avec toi, la partager avec toi. Je n'ai pas su. Ni toi. Je continue seule donc. Pardon. Catherine. »

J'étais contente de ces quatre lignes. Je les trouvais classe, je m'y accrochais, me les répétais sans cesse, elles ne disaient pourtant pas toute la vérité. « Continuer seule », évidemment, je n'avais pas le choix. Mais quant à « chercher la liberté joyeuse » sans toi, j'en étais bien incapable.

194

LUI

Quand je rentre d'Amsterdam, Sahaba est toujours là. Nous faisons l'amour. Craignant l'embrouille, j'éjacule sur son ventre. Elle se lève subitement et s'enferme dans la salle de bains. Pour y faire quoi ? Je ne le saurai jamais. Un mois après, elle m'annonce sur le ton penaud d'une gamine prise en faute qu'elle est enceinte.

À partir de cet aveu, je me mets à vivre à reculons. Comme s'il me fallait marcher jour après jour, sans y parvenir, contre un vent trop fort.

195

ELLE

Et tu me rappelles. L'été finissait.

196

Lui

J'accepterai tout en marche arrière : qu'elle reste chez moi, qu'elle poursuive sa grossesse, qu'elle perde le job que je lui ai trouvé, qu'elle ne fasse plus rien d'autre que de regarder grossir son ventre. Je me sens la proie d'une chasse dont le piège est un enfant. Je trouve ça injuste pour l'enfant, violent pour moi.

197

ELLE

Tu acceptes tout en marche arrière, c'est vrai, même de me revoir. Souviens-toi aussi de ce que tu dis de Sahaba à ce moment de votre histoire : elle est « douce et attendrissante ». Tu es attaché à elle, ému par elle, et pas seulement à cause de la naissance prochaine de Clémentine. Tu es partagé entre nous deux.

198

LUI

Les choses de ma vie se liguent pour se passer sans moi et contre moi. Le drame dont je suis le résultat – la défloration de ma mère et son abandon, enceinte, par mon père – est devenu mon drame et c'est moi qui y tiens désormais tous les rôles.

Je me vis, sans que cela ne me réjouisse ni ne me grandisse, dans une fatalité qui me fait reproduire ce qui m'a produit.

Tous mes « non » deviennent des « oui » et tous mes « oui » des « non » : je fais ce que je ne veux pas faire et ne fais pas ce que je veux faire. Je vis un moment magnétique, mais aimanté contre moi, un moment vaudou.

Je vais mal, je bois beaucoup trop, je suis agressif, violent comme un innocent incarcéré.

Tu me suggères de rester en vie et en bon état au moins jusqu'à la naissance de l'enfant. Sur tes conseils, je prends rendez-vous avec un psychanalyste de renom qui consulte place des Vosges.

Je l'ai surnommé Tirésias car, comme le devin d'*Œdipe Roi*, il n'y voit plus rien, ajoutant avec sagesse que ça ne l'empêche pas d'entendre, au contraire. Il fume et boit trop, il oublie souvent de fermer sa braguette et s'en va répétant à l'envi quand je lui narre mon malheur, que la perversité des femmes est insondable. Il se répète beaucoup, mais saura me faire accepter que, moi aussi, je me répète, comme tout le monde, refaisant ce qu'on m'a fait de manière de plus en plus évidente, avec ce léger décalage qui me donne l'impression de réparer.

199

Elle

« La perversité des femmes est insondable », je suppose que la phrase de Tirésias s'applique autant à Sahaba qu'à moi. Ma perversité, ce n'est pas de tout accepter de toi. Ma perversité, c'est, à l'époque, de préférer te voir devenir fou plutôt qu'heureux avec elle, chez toi, chez vous.

200

Lui

Si Sahaba a raison de moi, ce n'est pas seulement par perversité. C'est parce qu'elle tient tête, dans la tempête qu'elle a déchaînée. À moi qui me juge trop vieux pour élever un autre enfant et qui, de surcroît, n'ai rien demandé. À son père que cette naissance hors mariage rend fou furieux et qui m'intime au téléphone, alors que nous ne nous sommes jamais vus, de le « débarrasser de ce bâtard ».

Elle a ce courage entier du coup de tête, du coup de boule. En wolof, coup de tête se dit : « mbëkë mi ». C'est le titre du livre admirable qu'Abasse Ndione[1], consacre à l'audace folle de ces jeunes hommes qui s'embarquent sur les grandes pirogues de pêche de la région de Dakar pour naviguer dix jours sur l'Atlantique et tenter au risque de leur vie, de laisser derrière eux une Afrique qui ne leur donne aucun avenir. Je n'ai jamais su dire non. Ce n'est pas en prenant un coup de tête que je vais commencer.

1. Gallimard, 2008.

201

Elle

Pourquoi m'as-tu dit si souvent non, alors ?

202

Lui

Parce que tu m'apprenais la liberté.

203

Elle

Tu m'as appelée. Tu es mal. Tu trembles. Tu as besoin de moi. J'arrive, vite, vite, dans ma petite Austin bleue. Tu ne viens pas te réfugier chez moi, tu veux que je vienne, moi, sur ton territoire, sur la rive droite. Dépêchons, vite.

Je traverse la Seine, la voiture danse sur les pavés, je m'engouffre dans le souterrain du Louvre, ressors face à la silhouette étincelante et dorée de Jeanne d'Arc. Vierge orgueilleuse, dressée sur ses étriers, sans âme, ridicule, juste bonne à recevoir l'hommage des vieux indignes de l'extrême droite. Jeanne, Jeanne, je l'aimais tant quand j'étais enfant, je savais que sur le bûcher, après sa mort, le 11 mai 1432 – j'ai longtemps cru que c'était le 8 mai, jour de mon anniversaire, j'y voyais un signe –, sur le bûcher, au milieu des cendres, on avait retrouvé son cœur, intact. Place des Pyramides, l'héroïne orgueilleuse de mon enfance est devenue cette statue toc et dorée.

Je m'arrête en double file, entre dans l'hôtel Regina, descends les trois marches qui mènent au bar, tu es là, une flûte de champagne à la main, installé dans le passage, près d'une petite table. « Elle est en train d'accoucher. » Tu as l'air perdu de celui qui cherche un refuge qu'il n'a pas trouvé. Ou alors c'est moi le refuge. C'est ça ? C'est moi ?

Le bar est presque désert. Tu appuies ta tête contre le mur, pris de vertige, tu as peur, tu ne sais pas de quoi, j'essaie de deviner. Peur d'être père à nouveau ? Peur que l'accouchement se passe mal ? Tu agrippes ma main dans un geste malheureux et possessif qui ne te ressemble pas.

Sans doute, tu es terriblement angoissé de ce qui se passe là ; en ce moment dans les entrailles d'une jeune femme, un être humain veut naître, et c'est ta vie à toi qui va être bouleversée.

Pas la mienne, non. Je ne dis rien, je ne suis pas émue, pas du tout.

Toi, tu es malheureux. Malheureux ? Mais non, bien sûr, une étincelle dans ton regard égaré me convainc à l'instant du contraire. Tu es fou de joie. Tu le caches. Tu as très peur, et tu es très heureux. Et tu ne m'as pas fait venir toute affaire cessante pour te protéger de ton anxiété, non, tu as voulu que je vienne parce que tu as peur de me perdre.

Tu ne veux pas que je te quitte, mais tu n'as aucune carte en main pour me retenir, si ce n'est mon amour pour toi. Tu n'as rien à m'offrir, hormis ton exultation toute neuve et elle ne se partage pas avec moi. Cette enfant qui naît va occuper ta vie, je n'aurai désormais qu'une place en retrait, nous le savons tous les deux.

J'ignore si je saurai m'en contenter.

Je pourrais aussi me révolter, aller parler à cette jeune femme, exiger de toi que tu choisisses enfin. Ça ne me vient pas à l'idée, et puis, j'aurais dû le faire avant. Même aujourd'hui, j'ai du mal à écrire ces phrases, sur « ma place » auprès de toi. Ma place ? De quel droit ? Au nom de quoi ? Ce n'est pas moi qui décide.

Le problème, c'est que ce n'est pas toi non plus. Qui alors ? Le troisième larron comme dans la fable de La Fontaine. La larronne en l'occurrence, et ce n'est pas la première fois que cela arrive dans ma vie.

Me voici à nouveau dans une situation où je ne suis pas la seule femme de l'homme que j'aime, ni la préférée au milieu des autres, mais la seconde : ma place dans la fratrie, ma place dans ma précédente histoire d'amour. Ce qui se passe aujourd'hui convient parfaitement à mon scénario intérieur, à ma folie.

Ah oui ! Tu es heureux sous tes airs angoissés, je le vois bien à présent, heureux et impatient. Tu es doré de bonheur comme la statue de Jeanne sur la place. Du toc, tout ça, du toc : elle, toi, votre histoire… Tu me regardes, anxieux. Je te souris, tout va bien, ne sois pas inquiet. Alors, tu te lèves, tu t'en vas, tu pars à l'hôpital, le taxi t'attend, un dernier regard vers moi. Va, va vite.

Je suis seule, il n'y a plus personne dans le bar. J'ai mal au ventre. Le champagne sans doute.

204

Lui

J'ai voulu qu'elle s'appelle Clémentine pour laisser dans son nom une trace de la rousseur de Sarah et de la mienne. Je savais qu'elle serait métisse, jolie et charmeuse. Je lui ai offert un nom d'autant plus léger, qu'elle venait d'une histoire lourde.

Elle est née début mai 2001, avant que les tours ne s'effondrent et que le monde sombre une fois encore dans la folie.

Quelques heures avant toi, Clémentine, il faisait beau sur Paris, la lumière du printemps inondait l'appartement, Félix méditait, allongé sur la table, pattes avant repliées sous lui devant un vase de verre prune rempli de roses carmin ; j'avais préparé un grand plat de légumes frais, asperges, fèves et petits pois.

À l'hôpital, par la fenêtre de la chambre, on pouvait entrevoir, dans une cour, un arbre en fleur. *Le Journal du Dimanche*, car c'était un dimanche, titrait « Loft Story : Aziz dit tout ». À l'heure prévue, tu es là, toute blanche et comme boxée du visage, dans les bras épuisés de ta mère d'ébène. Ce n'était plus avant toi. C'est toi.

205

Elle

Elles partent ! Elles partent en Afrique ! Et tu la laisses emmener Clémentine, comme ça, sans rien dire ? Elle est si petite, si fragile, trois mois à peine, c'est de la folie. Pourquoi m'as-tu caché leur départ ? Je veux la voir, moi, Clémentine, la respirer, la sentir, la toucher, la contempler, et tant pis si tu n'es pas d'accord. J'appelle Sahaba. « Puis-je faire la connaissance de sa fille ? » « Je vous attends », dit-elle d'une voix douce.

Je sonne.

Elle a dû entendre l'ascenseur s'arrêter. Elle ouvre aussitôt. Une jeune femme, très noire, grand sourire timide, se tient devant moi. Elle me tend ses joues, je l'embrasse. Je ne connaissais d'elle que son portrait en noir et blanc, je découvre une silhouette frêle, grande, fine, longue robe à ramages, épaules nues ; on devine les seins hauts, ronds, les hanches étroites, les jambes effilées. Les cheveux, coupés très court, ne masquent pas la douceur des traits, le regard enfantin, les dents irrégulières. Le nez est celui des photos : « chatta », creusé entre les yeux noirs. Son front est immense comme un livre ouvert, la lumière du jour s'y reflète.

J'avance dans la pièce. Clémentine est là, dans un décor foisonnant, inconnu. Je m'approche, émue. Elle ne voit que sa mère qui s'est penchée vers elle pour la soulever. Elle ouvre la bouche, cherche le sein qu'on ne lui offre pas. Je balbutie : « Je peux la prendre ? » Sahaba la détache d'elle, la tend vers moi. L'enfant geint, elle veut sa mère, son odeur, son lait, sa moue annonce les larmes. Sahaba dit : « Elle est fatiguée, elle n'a pas voulu dormir ce matin. » Je tiens sa tête, l'installe contre mon épaule. Elle geint encore, mais pourvu que son regard ne quitte pas sa mère, elle veut bien rester contre moi.

206

Lui

J'ai tout de suite aimé Clémentine. Dès qu'elle est apparue, je me suis consolé, j'oserai dire, dans ses bras – Dieu sait qu'ils étaient petits –, du coup qui m'avait été porté pour qu'elle soit engendrée. Ainsi font souvent, paraît-il, les femmes qui, après un viol, deviennent mères.

Les hommes aussi, ça se viole, surtout à une époque où les femmes maîtrisent totalement leur fécondité. Mais, pour faire un père viable, ce n'est pas une bonne idée de violer un homme. Parce qu'un homme violé c'est un père en creux qui tombe et qui pèse, alors que les enfants ont besoin, comme les avions, de portance et de légèreté pour s'envoler vers l'avenir.

207

Elle

Clémentine dans mes bras, je me suis assise sur le canapé inconfortable que tu as acheté l'année dernière, dans une vente aux enchères.

Félix surgit tout à coup. Il me regarde et se met à miauler désespérément ; il a besoin de moi, de mes caresses, de ma présence, de mes mots d'amour, pourquoi je ne lui parle pas, pourquoi je l'ai quitté, pourquoi il ne m'a pas vue depuis si longtemps, où j'étais pendant tout ce temps ?

Voilà plus d'un an que je n'ai pas vu ce chat, et dès qu'il a entendu ma voix, il est accouru, plein de reproches et de chagrin. Il réclame les câlins que je ne lui fais plus et les caresses que j'ai oubliées. On dormait tous les trois l'un contre l'autre couchés sur le côté, toi, moi, Félix, dans cet ordre. Trois petits mammifères dorment ensemble, disais-tu. Félix n'a pas oublié, il miaule sa joie de me revoir et sa tristesse de tout ce temps perdu.

Je dis : « Ah ! Oui ! C'est vrai, il y a un chat. Comment il s'appelle déjà ? » Je n'ai pas un geste vers lui. Je ne le connais pas. Il recule un peu sans me quitter des yeux. Il s'assoit sur son derrière, la queue enroulée autour de ses fines pattes d'aristocrate. Avec ses yeux qui louchent, il me regarde d'un air attentif et navré.

— Vous voulez boire quelque chose ? De l'eau ? Gazeuse ? Une coupe de champagne ?

— Non, non, merci, pas de champagne. De l'eau, c'est très bien.

Elle disparaît. Clémentine proteste. Je me lève, la porte sur le ventre, elle bavouille sur mon bras, son estomac bien calé dans ma main. Elle ne dit plus rien. Je circule entre les meubles.

Douze mois se sont écoulés depuis la dernière fois où je suis venue ici et tout a changé. Cette pièce est devenue luxueuse. Une immense plante verte se dresse jusqu'au plafond, des flots de soie moirée dégoulinent des fenêtres, tout se mêle harmonieusement, le décor, la beauté de Sahaba, la présence de Clémentine, l'élégance de Félix… Qu'est-ce que je fais ici, moi ? Une femme de ménage traverse timidement la pièce avec l'aspirateur, elle me sourit, effarouchée. Elle aussi convient au décor.

Sahaba revient avec deux verres à pied, remplis de Perrier. Je dis « Que c'est beau ici ! » Elle sourit, flattée.

Clémentine est toute calme à présent. Elle ne cherche plus à tourner la tête du côté de sa mère, elle se laisse envahir par le mouvement de mon bras qui la berce ; elle bave encore un peu, elle s'endormirait presque, et moi, je resterais bien là à arpenter cette pièce désormais étrangère, apaisée par ce petit corps qui s'alourdit contre moi comme si c'était depuis toujours.

Sahaba dit qu'elle ne pouvait pas avoir les yeux clairs de son père parce qu'il n'y a pas du tout de sang blanc chez elle. Elle dit ça avec fierté. Elle me raconte qu'elle masse tous les jours le corps de sa fille avec de l'huile et selon un rituel ancien ; sa mère la massait ainsi quand elle était bébé, c'est d'elle qu'elle tient cet art, le bébé s'abandonne aux caresses, se détend, fait pipi, s'étire, et digère bien, mange bien, dort bien et ne pleure presque jamais.

208

LUI

Quand Sahaba masse Clémentine sur la table à langer avec ses mains divines, luisantes de beurre de karité, elle la polit, la finit, la profile pour la couler dans un autre temps. Un temps moins tranché, moins tranchant, moins mutilant que le nôtre ; un temps plus fluide, plus incertain, plus élastique, qui n'est pas dominé par l'impérative nécessité de la remise à date fixe, ni barré d'horaires aussi précis qu'absurdes, labyrinthes du rétrécissement, où nous courons en tous sens, tétanisés par la terreur d'être en retard. Un temps qui prend son temps, qui ralentit et s'étire, se dilate, un temps plus proche que le nôtre de l'éternité, un temps africain. Dans ce temps qui n'est pas le mien, Clémentine sourit sous les mains de sa mère.

209

Elle

Je faisais de même avec mes filles quand elles sont nées, c'était une méthode indienne. Regard en biais, je ne suis pas sûre qu'elle me croie. Elle, c'est l'huile de karité, moi, c'était l'huile d'amande douce.

Affrontement feutré. Clémentine va être foncée, dit-elle. Elle ajoute : « À la naissance, elle ressemblait à Thomas, comme il est, tantôt très beau, tantôt gonflé et laid. Et elle aura de grandes oreilles, comme les Blancs. »

Elle rit, mi-complice, mi-dédaigneuse, tu es son homme quand elle parle de toi. Elle dit qu'elle part demain en Afrique, que tu les rejoindras. Elle se tait soudain, évite mon regard. Quel est le secret qu'elle ne veut pas révéler ?

210

Lui

Plus le temps va passer, plus Clémentine deviendra belle. Bien sûr tous les enfants sont beaux, même ceux qui ne le sont pas. Clémentine qu'on veut souvent – trop souvent à mon goût – photographier dès qu'elle se montre, l'est, indiscutablement. Mais contrairement à sa mère qui se départ rarement de sa réserve, Clémentine adore discuter. Y compris dans les langues qu'elle ne comprend pas, l'italien par exemple, qu'elle imitera en Italie parfaitement, sans prononcer un seul mot qui soit vrai.

211

ELLE

J'ai posé Clémentine sur mes genoux, la tête bien soutenue dans ma main. On se regarde. Elle me sourit enfin, c'est le même sourire que toi, la commissure des lèvres se retrousse, elle rigole presque, elle te ressemble quand tu l'imites. Je pépie, elle répond.

Et nous voici toutes les deux engagées dans une conversation animée ; elle articule des sons, arrondit ses lèvres, ouvre la bouche et rit encore en agitant ses petits bras ronds. Clémentine, tu es belle, oui, très belle ; et la vie est géniale, tu as raison, et drôle, et passionnante, tu verras. Bienvenue à toi, princesse.

212

LUI

Et moi, sous le charme de sa splendeur et de son babil, au fil du temps, je commence à me demander : au fond, d'où viennent les enfants ? Du désir conjoint de leurs pères et mères ? Ou plus profondément du leur ? Clémentine ne serait pas là si elle ne s'était pas voulue elle-même. Sa venue, comme la mienne, était trop improbable. J'invente peut-être cette fable pour adhérer à son enthousiasme de vivre et oublier que j'en ai mis si peu à l'attendre.

Et pourtant, elle m'avait déjà signalé une fois qu'elle naîtrait un jour et qu'elle serait ma fille.

Nous étions partis avec Sarah et des amis, bien avant qu'elle naisse, visiter en Sierra Leone un îlot reculé où vivaient, loin de tout, quelques pêcheurs. J'y avais été fasciné par une petite fille, mi-noire mi-indienne, qui dégageait le charme étrange d'une petite bohémienne, perdue – allez savoir comment – au milieu de l'Océan. « C'est moi », me dit Clémentine, à sept ans, quand je lui raconte cette histoire.

D'où viennent vraiment nos enfants ? Vous le savez ? Moi, de moins en moins.

213

Elle

Je vais partir. Elles aussi. Sahaba emmène Clémentine chez le pédiatre. Elle la glisse dans un porte-bébé. La petite fille cherche à nouveau le sein, tend ses doigts écartés, essaie d'agripper ce qu'on lui refuse. Sahaba proteste, la maintient à distance, lui dit de ne pas la griffer. Elle n'a presque plus de lait de toute façon, elle ne l'allaite plus que la nuit. J'essaie d'aider.

Avant que la porte ne se referme, j'aperçois le museau triangulaire de Félix tendu vers moi. Assis bien droit au milieu du salon, tel un dieu égyptien, il assiste, calme et muet, à la comédie des humains.

214

Elle et lui

— Allô ?

— Allô, c'est toi ?

— J'ai vu ta fille.

— Quoi ? Oui, alors ?

— Elle est belle, elle est magnifique, et sa mère aussi. Très belle, très raffinée.

— Qu'est-ce que tu as dit ?

— Mais rien, rien. J'ai même fait comme si j'avais oublié le nom de Félix. Il n'était pas content. Il voulait des câlins. C'est beau chez toi, très beau. Sauf le plancher. Verni, c'est une erreur.

— Il n'est pas verni, il brille, mais ce n'est pas pour ça, je t'expliquerai.

— Clémentine est magnifique. Je ne trouve pas qu'elle te ressemble. Elle a des traits très féminins. Et puis, elle parle, elle veut parler.

— Oui, elle est très en avance.

— Ne dis pas les bêtises que balancent tous les pères. Elle n'est pas en avance, elle a trois mois ; elle ne parle pas, elle gazouille. Elle est très belle, très curieuse, et très calme en même temps. Elle sourit comme toi. Elle rigole déjà.

— Je pleure, arrête, je pleure, je te jure, je pleure. Je vais chez un client, je ne peux pas pleurer. Il faut que je te laisse.

— Enfin, elle est belle, très belle.

— J'ai bien fait de te laisser la voir, alors ?

— Tu ne m'as rien laissé du tout. C'est moi qui ai décidé d'y aller et je ne t'ai pas demandé ton avis.

— Oui, oui, c'est vrai. Je suis en retard. Merde, j'ai les yeux tout rouges.

215

ELLE

Je ne peux pas écrire davantage sur la naissance de Clémentine, ça me fait toujours souffrir. Je suis, comme elle, au cœur du bouleversement. Ce n'est pas une plaie qui se rouvre, c'est la vie même qui jaillit dans un ordre imprévu. Je ne savais pas que tu ferais un enfant avec une autre. Je n'avais pas compris que ça pouvait nous arriver. Je suis d'un coup devenue spectatrice de notre histoire. Pire, ce n'est plus notre histoire. C'est la tienne, la sienne, la vôtre.

Et qu'ai-je à faire dans cette vie où sont installées ces gracieuses personnes dans ce décor de cinéma ?

Chapitre 11

MARIONS-LES !

216

Lui, sans elle
(s'appliquant à écrire de sa plus belle plume, au père de Sahaba)

Nous ne vivons ni sur le même continent ni dans la même culture, ni dans les mêmes traditions.

Au milieu de tous ces écarts et de toutes ces différences, il y a Sahaba que vous aimez et que j'aime, et désormais Clémentine que j'aime et que vous aimez déjà, j'en suis certain.

Qu'autant d'amour conduise à autant de tensions, entre les pères que nous sommes, je m'en sens pour beaucoup responsable : il y a trop de choses auxquelles vous êtes profondément attaché que j'ai traitées avec désinvolture. J'espère qu'un jour vous me le pardonnerez. Je ne veux que le bonheur de Sahaba et de Clémentine et j'ai compris que ce bonheur ne se fera pas sans vous.

Aussi je me permets par la présente de vous demander la main de Sahaba et vous prie de bien vouloir accepter la dot qu'elle vous remettra.

Je ne pourrai me rendre disponible pour la cérémonie rituelle musulmane avant Noël et vous prie de bien vouloir l'organiser selon votre convenance. Si vous avez besoin de moi, sous quelque forme que ce soit, je reste à votre entière disposition.

Recevez l'expression de mes sentiments les plus respectueux.

217

ELLE SANS LUI
(déclamant de sa voix d'oiseau)

« Quoi ? Le beau nom de fille est un titre, ma sœur,
Dont vous voulez quitter la charmante douceur ?
Et de vous marier vous osez faire fête ?
Ce vulgaire dessein vous peut monter en tête ? »

C'était dans les années soixante-dix au conservatoire de Bordeaux. On jouait la première scène des *Femmes savantes*, ma sœur Françoise et moi, elle Armande, moi Henriette, ou l'inverse, je ne sais plus, avec toute la ferveur de notre vocation théâtrale. On était à la fois du côté de Molière et du côté des rieurs, et aussi du côté de ces « femmes savantes » qui refusent le mariage et l'assujettissement aux hommes. On était surtout du côté du théâtre. Trente ans plus tard, j'y reste encore, de ce côté, avec l'impression que les hasards de la vie ont décidé. Pour moi, et pour elle : ma sœur s'est mariée, moi pas.

Mais, mariée ou pas, il faut bien dans ce livre sur le couple et l'amour aborder le mariage. Exercice obligatoire. Allons-y donc.

Je ne me suis jamais mariée, je n'ai jamais rêvé de mariage. Non, c'est trop simple, la seconde partie de la phrase est fausse. Disons plutôt que j'ai rêvé d'être mariée ; j'insiste sur la forme passive, le mariage étant pour moi le comble de la passivité des femmes. Et ce qui me sidère le plus – et me console aussi – c'est la certitude que toutes les femmes, toutes, dans toutes les cultures, oui, même les plus sages, les plus intelligentes, les plus sensibles, les plus libres, toutes ont, ne serait-ce qu'une seconde, rêvé d'être mariées.

Voilà, c'est ça, le mariage : un rêve. Rêve de Cendrillon, de La Belle au Bois dormant, rêve de prince charmant. Le prince charmant fait partie du lot : il n'y a pas de mariage sans lui, là est toute l'inanité du mariage, on sait que le prince n'est pas charmant puisque même dans les dessins animés dont il était autrefois le héros, il apparaît désormais pour ce qu'il est : un benêt fasciné par sa seule image.

Le mieux serait donc de laisser le mariage dans le rêve et de ne jamais le confronter à la réalité, où on voit qu'il s'épuise, s'étiole et se défait.

Mais pourquoi, Bon Dieu, pourquoi le cœur des femmes s'affole-t-il quand on leur parle mariage ? Même le mien ? Pourquoi quand ma sœur s'est mariée, il y a quelques mois à peine, pourquoi quand elle a dit oui à son futur dont elle partage la vie depuis plusieurs années, ai-je été violemment émue au point de sentir des larmes me piquer les yeux, alors que ce mariage ne change rien à l'organisation de leurs vies ? Et pourquoi a-t-elle voulu se marier, elle ? Certes, la fête était belle, réussie et très gaie. Mais qu'a-t-on besoin de se marier pour faire une belle fête ?

Et lui, Thomas ? Pourquoi s'est-il marié dans mon dos ? Qu'a-t-il craint le plus ? Ma colère ? Mon chagrin ? Ou mon mépris ?

218

LUI SANS ELLE (marmonnant, dubitatif)

Homme, mon ami, sincèrement, que fais-tu là ? Au seul instant de ma vie où j'aurais dû répondre à la question par un bond onirique de kangourou vers la sortie, je pensais confusément à pas grand-chose, assis inconfortablement en tailleur sur un vaste tapis, dans mon boubou de cérémonie blanc, neuf et pesamment amidonné. Crispé, ému par la solennité du lieu, du public, et de l'instant, et vraiment gêné par l'incongruité – partagée par moi seul – de ma présence, je souriais comme je pouvais, à l'officiant, qui d'une formule en arabe ou en wolof, je ne sais plus, où Allah rayonnait dans toute sa gloire, formule que je répétais sans la comprendre, me convertissait le 21 décembre 2001, en tenant dans ses longues mains ébène les miennes qui sont blanches et potelées, à l'Islam.

C'est sûr, c'est bien moi, assis sur les tapis de cette mosquée, moi, venu de Paris la veille avec ma fille Sarah pour épouser, conformément aux traditions de sa famille, Sahaba, ma concubine âgée de vingt-quatre ans alors que j'en affiche cinquante-cinq.

Et l'autre homme, assis au plus près de moi à ma droite, comme le veut la coutume ou pour me faire comprendre que toute tentative de fuite serait vouée à l'échec, c'est le père de ma concubine. Bien plus grand et robuste que moi, aussi noir et crépu que je suis blanc et blond-roux, il est de deux ans mon cadet. Le grand-père de ma fille Clémentine est plus jeune que moi. Ainsi va ma vie.

D'ici peu, je ne serai plus cet être approximatif et inclassable – pour ne pas dire pire – que ma future belle-mère, ambassadrice de la distinction africaine, femme de lettres de son état, traite avec une bienveillante condescendance, mais un gendre digne de ce nom, qui aura su trouver sa place dans une famille apaisée, retournée, après un léger flottement, dans l'ordre béni des choses.

Mon futur beau-père porte le même boubou de cérémonie blanc couvert de la même chasuble blanche ajourée que moi. Il a par contre, sur la tête, un calot blanc seyant dont j'ai été privé. Et pourquoi n'ai-je pas eu mon calot, moi aussi ? Sans doute parce que je n'ai pas encore été converti. Ou parce qu'il tient à marquer sur moi sa supériorité. Ou parce que ça lui va mieux que ça ne m'irait ? Ses traits indubitablement africains affichent une finesse particulière, quasi asiatique, que je retrouve chez Don Cherry, le trompettiste surdoué qui inventa, aux côtés d'Ornette Coleman, le free-jazz. On peut l'entendre dans *Lonely Woman*, l'album qui inaugure un courant de la musique noire américaine qui, de Dolphy à Coltrane en passant par Albert Ayler ou Pharoah Sanders, deviendra de plus en plus insupportable, pour ne plus s'adresser finalement qu'au masochisme auditif d'un nombre restreint de Blancs, toujours plus heureux de s'entendre enfoncer dans les oreilles un credo qu'on peut résumer ainsi : je joue fort, furieux et atonal, c'est inaudible mais je t'emmerde et j'ai l'intention que ça dure le plus longtemps possible.

219

Elle sans lui
(intarissable)

Je n'ai jamais été mariée. Tantôt, je m'en vante, tantôt, je m'en cache. C'est idiot, l'idée du mariage ne mérite ni cet excès d'honneur ni cette indignité. Il me faut faire quand même cet aveu : aucun homme, jamais, ne m'a demandée en mariage (sauf Thomas mais c'était par rouerie, ou parce que lui aussi se pare parfois d'une âme de jeune fille).

Tant mieux, j'aurais refusé, j'aurais fait de la peine, et je n'aime pas faire de la peine. Mais il suffit que j'imagine un amoureux en prétendant pour qu'aussitôt il perde tout charme à mes yeux. Même Thomas ? Même... Enfin, je ne sais plus.

Peut-être – et il l'a écrit – les femmes préfèrent-elles les salopeurs. Et rien n'est plus loin d'un salopeur qu'un époux. Comme si les hommes qui épousent n'étaient pas des hommes, des vrais, trop respectueux des femmes pour les faire souffrir ou les faire jouir, quelquefois, c'est pareil.

Thomas, mon amour salopeur, qu'as-tu voulu en épousant ta jeune fille ? Être un mari plutôt qu'un amant ? Quitter pour toujours ton rôle de salopeur ? Ou le garder en secret pour moi, pour nous ? Étais-tu excité d'être son mari ? Je ne t'ai jamais posé ces questions, plus faciles à écrire qu'à dire, et je ne suis pas sûre que tu pourrais me répondre, soit par souci de ne pas me blesser, soit à cause de la confusion qui régnait dans ta tête à ce moment-là, soit parce que, de toute façon, tu restais son amant

220

LUI SANS ELLE
(songeur)

Je ne savais pas que ça se passerait comme ça, n'ayant jamais, par le passé, porté le moindre intérêt ni aux mariages ni aux musulmans d'Afrique. Et d'ailleurs où est la promise ? Je ne vois qu'hommes alentour. Elle ne vient pas, elle n'est pas invitée. Elle va peut-être apparaître en gloire ? Descendre du plafond au milieu des chants de joie ? Non, ici c'est l'Islam : les femmes, ça s'épouse religieusement entre hommes, en l'absence, justement, des épouses qui commencent là une longue carrière d'invisibles.

221

Elle sans lui
(célibataire)

Je reviens à moi : je n'ai jamais été demandée en mariage.

À peine écrite, cette phrase me propulse à nouveau dans ce sentiment de honte mêlé de vanité : honte de n'avoir pas su faire rêver aucun homme à l'idée que nous passerions la vie ensemble et que nous serions heureux, vanité d'avoir fait comprendre à tous ces hommes qu'aucun ne me réduirait à l'état de femme mariée, c'est-à-dire – et même aujourd'hui encore en France – dépendante, si ce n'est financièrement, au moins socialement.

Quelques années d'analyse auront été nécessaires pour comprendre que je n'ai jamais voulu renoncer au nom du père. Les filles qui ne se marient pas n'ont pas pu désirer un autre époux.

La phrase de Marivaux qui conclut la première scène du *Jeu de l'amour et du hasard* est toujours actuelle ; la suivante répond à sa maîtresse qui se plaint de sa vie et du mariage qu'on veut lui imposer : « Un mari, c'est un mari. Vous n'auriez pas dû finir avec ce mot-là. Il me réconcilie avec tout le reste. »

Moi, aucun mari jamais ne m'a réconciliée avec le mariage. Pour la réconciliation et tout le reste (les enfants, le travail, les vacances), je me suis débrouillée seule, et ça m'a plu. Quelquefois j'ai rêvé d'une épaule pour m'appuyer ; le mari tout entier, c'eût été beaucoup trop et peut-être moins confortable que l'épaule.

222

LUI SANS ELLE
(marié)

Je ne m'y attendais pas, je croyais qu'on irait au plus simple. Mais – grâce leur en soit d'autant plus rendue qu'ils ont tout assumé sans rien me demander – ce fut une très belle fête. Ils jouaient le jeu. Ils n'étaient sans doute pas forcément réjouis de voir leur fille trop vite mère convoler avec un homme âgé, mais ils jouaient le jeu.

Il y eut un banquet de mariage dans un grand hôtel international, je m'étonnais que Sarah fût placée si loin de la table familiale, comme reléguée ; mais dans la confusion de la fête, je n'y vis qu'un détail.

On dansa.

La mariée, toute de blanc vêtue, dans mes bras, j'observais mon beau-père. En smoking, impeccable, il s'étonnait de loin de me voir transpirer : on était en hiver, je n'avais trouvé à Paris qu'un costume en laine, la climatisation faisait ce qu'elle pouvait, dehors la nuit affichait trente degrés.

Le lendemain, dans la maison familiale, il y eut une fête traditionnelle, moins conventionnelle, beaucoup plus joyeuse. Toutes les femmes, absentes à la mosquée, la sœur, les tantes, les cousines étaient là, plus belles les unes que les autres, côtoyant, en boubous flamboyants, sans complexe ni retenue, marabouts et dignitaires au son des chants et des tambours mauritaniens.

Je suis le seul à l'entendre. Clémentine, effrayée par le bruit des percussions, pleure dans sa chambre. Je me précipite, la prends dans mes bras, l'emporte au plus vite dans la rue pour l'éloigner du tintamarre. On m'entoure aussitôt, pour la reconduire dans la maison. Je ne voulais pas la voler, seulement l'apaiser.

Sahaba change de coiffure et de tenue toutes les deux heures, surprenant l'assistance, par l'art qu'elle déploie pour paraître revêtue d'une beauté toujours plus neuve. Elle me présente à son grand-père, Dial, qu'elle adore, sentiment que je partagerai dès le premier contact.

Grand vieillard longiligne mince comme un Giacometti qui frôlerait les deux mètres, Dial est un homme de science (il a fait une carrière de médecin en Europe), un sage, depuis qu'il est revenu fonder une famille en Afrique et – qui sait ? – un saint. Il rayonne d'une spiritualité complexe et malicieuse où se mêlent la probité de l'Islam et les sortilèges maîtrisés de l'animisme ancestral.

Ne descend-il pas en droite ligne du sorcier qui sut, lorsque son peuple vint s'établir dans la région à la fin du dix-neuvième siècle, gagner les faveurs du génie du lieu ? Émerveillé, je le presse de m'en dire plus. Il me renvoie aux travaux universitaires que ma belle-mère a consacrés à la culture orale du peuple dont il est un des représentants traditionnels les plus respectés.

Son visage, à la fois ascétique et souriant, culmine dans le bombement d'un front immense. Il est surmonté d'une tiare de cheveux crépus blancs qui va en s'évasant vers le haut. Elle lui donne en toutes circonstances le port de tête d'un roi couronné.

223

ELLE SANS LUI
(méditative)

Et Thomas ? Ai-je voulu me marier avec lui ? En tout cas, je n'aurais pas pu m'abriter derrière l'intérêt fiscal ou administratif qu'avancent souvent ceux qui s'épousent. Ce que m'expliqua un ami, homme de loi, à mon grand dam : « Catherine, ne vous mariez pas, la situation familiale de Thomas est trop compliquée, vous seriez lésée et, à votre mort, vos filles aussi. »

Le rapprochement n'est pas excessif : mariage et mort s'enchaînent bien ; la vie étant réglée grâce au mariage, on a davantage de temps pour penser à la mort. Les plus beaux mariages sont ceux des disparus, comme on le voit parfois dans les cimetières (je recommande la tombe des époux Pigeon – des lampes Pigeon – au cimetière Montparnasse) et sur les sculptures étrusques.

Ces couples antiques, figés dans la terre cuite, souriants, allongés l'un contre l'autre, sont le vrai modèle du mariage résistant au temps et aux civilisations disparues. Mais comme dans notre époque moderne mariage et mort vont de pair : ces statues sont les sarcophages des défunts.

Si l'alliance mariage et mort donne parfois des œuvres d'art, elle n'alimente pas le rêve. Non. Le rêve, c'est mariage et amour, comme dans les feuilletons l'après-midi à la télé. Et le rêve flotte toujours. Abîmé, un peu flou, démodé, il continue à faire battre le cœur des petites et des grandes filles.

224

LUI SANS ELLE
(marié)

L'épouse est là, installée chez moi. Je n'y comprends rien. Je sais que « oui » se dit « wa » dans sa langue et je n'en saurai jamais plus. J'observe que, quand elle veut exprimer son mécontentement et son mépris, elle aspire la salive et l'air entre ses dents serrées, pour émettre un sifflement gargouillé, un soupir inversé, exprimant un très grand agacement dont j'apprendrai bien plus tard qu'il se dit « tchiper » chez les Antillais comme chez les Africains.

J'observerai aussi que lorsqu'elle « tchipe », la castagne n'est pas loin et qu'une formule mal interprétée peut, à ce stade d'agacement, conduire à une déferlante de coups de poing, de pied, de morsures, qu'il me faudra, à mes risques et périls, essayer de contenir. Mon chat Félix et ma fille Sarah observent, interloqués.

J'avais déjà connu quelque chose d'assez semblable avec ma première épouse, une castagneuse elle aussi, quoique blanche et petite-bourgeoise bon teint, mais qui rêvait, à la fin des années soixante, d'en découdre avec les fafs, les fantoches sud-vietnamiens, les impérialistes yankees, les ennemis du peuple, les chiens baveux anti-révolutionnaires et autres sociaux-traîtres trotskistes, justement châtiés par les gardes rouges de la révolution culturelle, et faute de mieux, moi, quand cette pasionaria en mal de martyre, n'avait plus rien trouvé d'autre à se mettre sous la dent.

Mais la violence de Sahaba était plus surprenante encore. Imprévisible, éruptive, tempétueuse, intempestive, elle se levait comme un vent violent, balayait tout sur son passage, puis retombait, sans que l'humanité en elle comme en moi n'ait, dans cet échange brutal, avancé d'un pouce.

J'ai pourtant beaucoup joué – l'âge et l'expérience aidant – à pan-pan cucul avec nombre de mes maîtresses, qui en redemandaient (oh oui oh oui) et ne s'opposaient pas, bien au contraire, aux liens de toutes sortes – humains, canins, chevalins – comme à leurs vertus contraignantes, strangulantes, saucissonnantes, pourvu que ça serre et serve aux doux émois de la femelle dominée, aux élans exaltés du mâle dominateur, mais tout ça c'était pour s'amuser, après on allait au restaurant, soit pour se sourire, soit pour s'engueuler, normalement.

Par contre, l'émeute à la maison, j'étais jusque-là parvenu à l'éviter. Que de soirs post-tchipesques où elle allait, en signe de protestation, dormir par terre, à même le carrelage à cabochons de mon entrée !

J'étais, dans ces moments, complètement dans le yaourt, faute d'avoir compris ce qui avait bien pu susciter son ire, dont j'avais encore – juif coupable oblige – le souci de comprendre le pourquoi.

225

Elle sans lui
(sournoise)

À ce moment de ta vie, quand je te vois malheureux, en même temps que la compassion, monte en moi quelque chose de joyeux et qui me fait honte. Quelque chose comme : « Avec moi, il serait heureux. » Ton malheur apporte la preuve négative que tu ne peux pas être heureux en dehors de moi. D'ailleurs, au milieu de tes angoisses, tu t'écris : « Tu bois du petit-lait, hein ? » Et tu es vraiment seul. Et moi qui garde mes distances, je me tais. Je n'aime pas ma joie, je n'aime pas ton désespoir.

226

Lui sans elle
(toujours marié)

Nous sommes convoqués un matin au petit déjeuner, Sarah, mon chat Félix et moi-même par Sahaba qui, index dressé, nous rappelle sur un ton monocorde qu'elle entend désormais bénéficier de la considération légitime que lui confère son rang d'épouse consacrée dans l'Islam, un long soliloque que nous écoutons, atterrés.

Surtout le chat, qu'elle vire tous les soirs de la chambre à coucher, pour raisons sanitaires : il adopte dans ce bannissement l'attitude d'un paquet sans âme, qui se laisse, penaud, trimballer par la nuque alors qu'il y a moins d'un an, il participait, en ronronnant comme un moteur de Ferrari, à mes ébats les plus élaborés.

Quant à Sarah, elle est, à l'époque, avant tout concentrée sur son bac et son *boyfriend*. Je me dis : « Ouf, au moins, elle, la voilà sauvée. »

227

Elle avec lui
(désemparé)

16 septembre 2003. Thomas m'a demandée en mariage. C'était bien, comme s'il avait eu des gants blancs, comme s'il avait demandé ma main à mon père, mais c'était à moi qu'il parlait. On était dans un restaurant de poissons.

Quelques semaines plus tôt, Sahaba avait déserté – brutalement – l'appartement, emmenant Clémentine avec elle, en Afrique, sans intention de revenir. On lui avait volé sa petite. Il était sonné de douleur. Ce soir-là, il me demandait donc en mariage. Il voulait créer un foyer pour ses enfants.

Il disait ça du ton de l'évidence comme s'il n'y avait pas d'autre solution entre nous. J'ai pris un air détaché et insouciant, mais je sentais monter en moi une joie énorme, comme on en a quand on est petit. J'ai oublié tout ce que j'avais pensé jusqu'alors. J'ai dit oui.

25 novembre 2004. Thomas m'a demandée en mariage. C'était bien, comme s'il avait eu des gants blancs, comme s'il avait demandé ma main à mon père, mais c'était à moi qu'il parlait. On était dans la voiture et c'est moi qui conduisais. On ne se regardait pas et il parlait d'un ton détaché comme s'il n'y avait pas d'autre solution entre nous. J'ai senti monter en moi une joie énorme, comme on en a quand on est petit. J'ai oublié tout ce qui s'était passé jusqu'alors. J'ai dit oui.

7 mai 2005. Thomas m'a demandée en mariage. C'était bien, comme s'il avait eu des gants blancs, comme s'il avait demandé ma main à mon père. Mais mon père était mort l'hiver précédent. On était dans sa cuisine, il s'appuyait contre l'évier, et il disait ça du ton de l'évidence, comme s'il n'y avait pas d'autre solution entre nous. J'ai pris un air détaché et insouciant, mais je sentais monter en moi une joie énorme, comme on en a quand on est petit. J'ai tout oublié. J'ai dit oui.

Trois fois. Trois fois Thomas m'a demandée en mariage, trois fois je suis restée silencieuse et gorgée d'amour et de reconnaissance, trois fois j'ai fini par dire oui, de tout mon cœur, de toute mon âme, telle Blanche de la Force montant à l'échafaud dans la pièce de Bernanos.

Pour ceux qui ne se souviendraient pas du *Dialogue des carmélites* (mais ceux-là n'ont pas vu Marianne Épin, inoubliable dans le rôle) ou qui ne le connaissent pas, Blanche de la Force est la plus jeune sœur d'un couvent de carmélites condamnées à l'échafaud pendant la Révolution française. Et toutes ces religieuses, si proches de Dieu, si sûres de Son existence, tremblent et manquent de courage pour affronter le châtiment suprême et Le rejoindre. C'est alors que Blanche, la plus jeune religieuse du couvent, celle dont la foi est la plus récente, la moins étayée par les textes et les années, va conduire les sœurs à la joie de retrouver Dieu dans la mort. C'est une sainte qui monte à l'échafaud ; les autres, galvanisées, suivent.

Mais pourquoi, au moment où j'ai dit oui à Thomas, ai-je immédiatement pensé à la guillotine ? Quel dérangement de mon esprit a fait surgir cette image ?

Et pourtant la joie, l'orgueil de la joie, gonflait tout mon corps, mes seins, mon ventre, et mes chevilles : voilà, ça y était, j'étais choisie, je choisissais, formes active et passive enfin réconciliées dans cet être unique à deux âmes : l'amour entre Thomas et moi. La joie d'aimer, Dieu pour Blanche, Thomas pour moi... Et la guillotine en haut des marches, consacrant l'union.

Car même dans cette joie unique, extraordinaire, que faisait naître la demande de Thomas, ce *oui* était le *oui* du sacrifice, le *oui* d'élire et d'être élue, un seul homme désormais me tenant lieu de tout : d'amant, de religion et de futur. Exit ce qui n'était pas lui. Le seul, l'unique, c'était désormais Thomas.

Je n'eus pas à me raser la tête, ni à choisir la robe, ni à changer d'avis, les trois demandes restèrent lettre morte. Trois fois Thomas me demanda de l'épouser, trois fois il se renia. Qui sait ? Peut-être voyait-il aussi clairement que moi l'ombre de la guillotine se dresser entre nous, ou peut-être, celle, plus quotidienne et moins noble, de l'araignée et de sa toile, que lui inspirent toutes les femmes quand elles rêvent d'avenir avec un homme.

CONCLUSION

L'IMPÉRATRICE

Elle

Nous avons décidé d'habiter ensemble. Pour tenter de réaliser ce que la plupart des couples font d'emblée : vivre sous le même toit.

Premier impératif, trouver un endroit. Acheter ou louer ? Nous en avons longtemps débattu…

Nous avons d'abord pensé que louer serait mieux. Non par raisonnement financier, mais plutôt à cause d'un choix dicté par la peur : si jamais ça ne collait pas entre nous au quotidien, nous pourrions toujours nous réfugier à nouveau dans nos appartements respectifs.

J'ai commencé par les annonces du *Figaro* et trouvé un lieu assez vite, comme par hasard sur la rive gauche, pas très loin de là où je vivais.

Dans une cour pavée et fleurie, entourée d'ateliers d'artistes, l'un d'eux était à louer, un corridor ouvrant sur un appartement classique. C'était tout à fait charmant et original : il y avait plusieurs portes d'entrée, des cheminées, des petits patios… Nous pouvions y loger avec nos enfants sans nous gêner. Mais décidément, la rive gauche, non, ce n'était pas pour toi… Tu n'as pas voulu quitter la rive droite et ton quartier du Palais-Royal. Tu n'étais plus très sûr de vouloir déménager.

Lui

Clémentine a disparu.

Tous les matins, je traverse sa chambre vide jouxtant la mienne. Sa petite table, ses chaises, son tableau noir, sa kitchenette en plastique, tout est là, je n'ai touché à rien. Une chambre de petite fille sans petite fille.

Tous les matins, elle trottait hors de son petit lit pour venir m'embrasser dans le mien.

Un jeune couple s'est installé au-dessus de chez moi.

Tous les matins, j'entends trotter et rire *leur* petite fille.

Elle

Quelque temps plus tard, tu manifestes à nouveau le désir de t'installer avec moi. Au bord de l'eau, cette fois. L'eau, c'est calme, c'est reposant, nous serions bien. Tu pourrais aller travailler le matin en bateau. Tu pourrais même m'emmener, TF1 se trouve au bord de l'eau aussi. Tu voudrais trouver un terrain qui descende en pente douce vers la Seine où un canot t'attendrait à un embarcadère privé. Pour les enfants, tu envisages de faire construire des bungalows autour de l'habitation principale où ils séjourneraient sans nous déranger.

Je te fais valoir qu'il n'est pas bon de s'installer trop près d'une rivière et de subir tantôt les inondations, tantôt les puanteurs d'un étiage trop bas. Et puis, je préfère la ville à la campagne.

Cette idée aquatique est donc abandonnée avant même que nous ayons visité quoi que ce soit au bord d'un fleuve.

Adieu, canot, voiles et pompons de marin, tu te réfugies dans ta solitude avec Félix. J'agis de même avec Étoile. Sommes-nous faits pour vivre ensemble ?

Lui

Les femmes, quand elles mûrissent, portent un intérêt croissant à Dieu, à l'immobilier. Ou au deux.

Elle

Quelques semaines plus tard, lors d'un déjeuner dominical qui nous rassemble exceptionnellement avec nos filles, tu arrives avec un lot de photos prises dans un entrepôt désaffecté de ton quartier. On ne loue plus, on achète. Quelque huit cents mètres carrés nous attendent, est-ce assez grand ? Les clichés sont magnifiques et montrent toute une série de volumes beaux, immenses, vides. Pas de chauffage, pas d'électricité, qu'importe. Où sera la cuisine ? La salle de bains ? L'entrée ? On verra, tout est à inventer, imaginer, l'argent n'est pas un problème, les banques prêteront. Le déjeuner se prolonge, nous nous exaltons tous, prêts à vivre dans cet endroit, trop grand, trop cher, trop vide. Au réveil de la sieste, dégrisés, nous abandonnons l'idée.

Lui

Félix meurt le premier, un samedi. Il a l'air tout chose, ne se lève plus de son fauteuil préféré, ne répond plus aux caresses. Sarah s'inquiète, le roule dans un pull, le met dans un sac et fonce chez le vétérinaire du quartier. En arrivant il n'est plus. L'ombre furtive est partie comme elle a vécu. Comparée à la sienne, l'élégance des hommes est toujours un peu tape-à-l'œil.

Vieillir, c'est voir l'animal en soi s'en aller : la mobilité, les appétits, les instincts s'estompent, il ne reste plus que l'humain.

Pas terrible de vivre seul avec son humanité. Finalement, si nous n'avons pas perdu la tête, nous mourons désemparés, dans la carcasse d'un animal qui est déjà parti.

Elle

Et puis, un jour, à l'étage en dessous du tien, je vois la porte d'entrée grande ouverte ; les déménageurs vident l'appartement sous l'œil attentif du propriétaire, jeune trader ébouriffé que le succès entraîne à Londres. Je m'arrête et cherche à savoir si les lieux vont être mis en location. « Non, je vends », répond-il. Je demande si je peux visiter.

Nous voici dans une grande pièce au plafond bas, où il manque juste une cheminée pour qu'elle soit parfaite. Un petit chat, émerveillé de tant d'espace libre, court après un bout de scotch.

— C'est bien, non ? Qu'en penses-tu ?
— Ce serait folie de ne pas le prendre.

C'est ta réponse.

Elle s'inscrit dans ma tête pour ne plus en sortir. Je vais me battre pour acquérir cet appartement et je l'aurai. Toi, tu oublieras la phrase aussitôt après l'avoir proférée, et pendant les mois qui précèdent et suivent mon emménagement, chaque fois que je demanderai si tu es content que j'habite en dessous de chez toi, tu répondras que la mouche ne dit pas ce qu'elle pense à l'araignée. Tu étais gnou, te voici mouche, y a-t-il un progrès ?

Lui

L'homme n'est ni gnou ni mouche, et qui veut faire le gnou fait la mouche.

Elle

Cet appartement a la même surface, les mêmes fenêtres que le tien, sans la hauteur de plafond et le bric-à-brac dix-huitième que tu aimes tant. Nulle sécheresse pourtant dans cet endroit où j'ai fait installer la cheminée qui manquait. Bien que situé au premier étage, il est très clair et le soleil y pénètre en toute saison. Qu'on me pardonne ce développement dans le style Century 21, c'est juste un cri d'amour pour le lieu où je vis.

Luxe inouï que ces deux appartements au cœur de Paris, où nous pouvons à notre guise séparer et partager nos vies. Mais même sans le tien juste au-dessus, je crois que j'aimerais le mien. Que nous partagions le futur ou pas, il est celui qui conviendra le mieux à mes vieux jours. Je n'écris pas cela parce que je me sens proche de la vieillesse, mais parce qu'il est le premier et le seul espace de ma vie que j'ai choisi. Ai-je attendu assez longtemps…

J'y suis bien. Le Louvre est tout près, et la Seine, et les jardins du Palais-Royal. L'escalier n'est pas trop rude et j'aime qu'il n'y ait qu'une quinzaine de marches pour accéder à ma porte d'entrée. Ce sera mieux pour mes jambes quand elles seront vieilles.

Lui

Elle vieillit. Ça fait longtemps qu'elle le sait. Il y a déjà trois ans, elle pensait lifting. Elle vieillit mais comme nous tous elle ne veut ni ne peut en entendre parler.

Vieillir n'a pas lieu d'être, il n'y a pas de place pour ceux qui vieillissent. On vit dans un monde sans adultes où le vieux est le déchet du jeune. D'où la popularité croissante d'Alzheimer, le type qui a donné son nom à ce qu'autrefois on appelait méchamment gâtisme. Grâce à lui, la dégénérescence sénile porte un nom de maladie : ouf, mourir ça se soigne, nous voilà tous sauvés. Grâce à lui aussi, quand on a oublié l'un des quinze codes qu'il nous faut retenir pour survivre dans le monde moderne, on peut s'exclamer, en avouant notre crainte en même temps qu'on la banalise : « Mais j'ai Alzheimer ou quoi ? » Vieillir devient populaire, marrant, histoire de ne pas plus s'en inquiéter que d'un mal de tête.

Idioties ! Quand arrive l'heure, même si elle vient plus tard, on va hors cadre, on sort de la télé, on sort de la vie, on ne vous voit plus nulle part, on n'est plus dans le radar de l'amour.

Elle

Je me rappelle quand mes parents ont acheté la maison. J'avais dix ans. C'était leur premier achat, celui qui a le plus compté dans leur vie. Ils avaient choisi l'endroit parce qu'il leur plaisait et correspondait à leur budget (ils ne nous épargnaient aucune conversation sur l'emprunt, les prêts, le remboursement... Le terme de « crédit foncier » fait partie du vocabulaire de mon enfance). Et ce que je fais aujourd'hui – m'approprier ce lieu élu en rêvassant sur un futur enviable malgré le déclin inévitable de la vieillesse –, ma mère le faisait aussi.

Il y avait une petite maison au fond du jardin, qui ouvrait sur un passage. Elle avait dit : « Quand l'un de nous deux sera mort, j'irai m'installer dans la maison au fond du jardin. » Mon père s'était beaucoup moqué d'elle en entendant cette phrase et elle avait eu honte de donner l'impression qu'elle était sûre de vivre plus longtemps que son mari. Mais lui, il ne s'était pas senti blessé, au contraire. N'envisageant pas la vie sans elle, mourir le premier lui convenait. Il riait toujours en se rappelant ses paroles. Il avait compris qu'elle s'appropriait ainsi la maison achetée ensemble et qu'elle voulait y être heureuse.

Je fais comme elle aujourd'hui. Ce lieu est le mien, et pour qu'il le soit plus encore, j'y projette ma vieillesse. Seule. Sans toi, moi aussi ? Comme ma mère ?

Lui

Dans l'étreinte, elle rajeunit. Les mouvements répétés de mon sexe accélèrent la synthèse eau-énergie à partir des mitochondries cellulaires dans le derme profond, l'eau ainsi produite alimente les micro-éponges du circuit de Gag et irrigue, en montant vers la surface de la peau, l'épiderme. Résultat : les traits de son visage s'affermissent, ses rides s'estompent, sa peau rayonne d'une nouvelle jeunesse, comme le démontrent de nombreux tests réalisés dans nos laboratoires.

C'est flagrant : chaque fois qu'elle jouit, elle perd dix ans. Je suis au fondement de sa cosmétique. C'est peut-être pour ça qu'elle tient à moi, malgré tout.

Je ne suis pas seulement un objet passif de désir, un instrument de plaisir ou de réconfort, mais je participe activement à son maintien en vie. J'influence le cours de sa chair qui, sous mon étreinte, coule moins vite vers la mort. *As long as I can*, bien sûr.

Elle

Ma mère n'aura jamais habité la petite maison au fond du jardin. Leurs filles parties, mes parents revendront la grande et la petite maison pour s'installer dans un appartement moderne, sans escalier ni jardin. Ma mère, prisonnière peu à peu de la maladie d'Alzheimer, n'aura plus le désir d'une maison ni d'une vieillesse heureuse, mais seulement celui des tout petits enfants quand ils ont faim, soif ou sommeil. Mon père avait rêvé d'une fin de vie en tête à tête avec elle, mais elle ne l'avait plus, sa tête.

Il mourra dix-huit mois après elle, dans le chagrin de l'avoir perdue avant qu'elle meure. Ni l'un ni l'autre n'auront connu cet endroit où je vis aujourd'hui. Leur présence y flotte pourtant, bienveillante.

De nous tous, c'est Stan qui vieillit le moins vite, sans perdre un cheveu, ni prendre un gramme, pour ainsi dire dans l'autre sens : celui qui va vers la jeunesse et pas vers la mort.

Je sais bien comment il fait : pas de tabac, pas d'alcool, juste du sport et des femmes. Des femmes par-ci, des femmes par-là, des femmes par milliers rencontrées comme dans *L'homme qui aimait les femmes* de Truffaut, avec la même passion enfantine, dans n'importe quel pays et n'importe quelle circonstance, mais presque toujours au hasard des rencontres piétonnes.

Il promène un amour d'arpenteur, avec du muscle et du jarret dans ses grandes jambes, un amour élevé à l'air libre.

Ça n'est pas de l'amour d'élevage, de l'amour en batterie comme sur Meetic, immense poulailler virtuel où tout le monde caquette en même temps au même endroit à même température, son besoin d'amour, sans prendre le risque de mettre le nez dehors.

C'est de l'amour sans importance ni conséquence, mais à fort potentiel de jouvence.

Le Pogge écrivait en 1436 à Venise : *Un vieux doit-il se marier ?* Stan pense comme l'illustre Vénitien qu'un homme n'est jamais meilleur époux que quand il est vieux car « le désir des hommes âgés est modéré, leur foi conjugale intègre… Leur raison n'est pas entamée par la passion, ils n'ont plus le désir d'aimer ailleurs… »

Stan songe à se marier, mais pas avant quatre-vingts ans, avec une très jeune femme à qui il compte léguer sa fortune, s'il a réussi à l'édifier. C'est toujours plus réjouissant que de se la faire piquer par le fisc ou des ayants droit qui ne vous auront pas donné autant de joies qu'une jolie maîtresse.

ELLE

Un conte érotique chinois : l'héroïne est une très vieille impératrice qui cherche des amants de plus en plus vaillants tant son désir grandit avec les années. À soixante-dix ans, elle s'éprend d'Aocao, un jeune homme si bien membré qu'il n'a pu jusque-là pénétrer aucune femme, toutes effrayées par la grosseur de son sexe. Le conte insiste sur l'appétit de l'impératrice, la satisfaction que lui donne cet amant jeune, ardent, et le plaisir qu'ils en tirent tous les deux pendant plusieurs années. Telle est l'impératrice Wu Zetian. À l'opposé des rêves du Pogge. Elle ne se marie pas, elle jouit de son bel amant qui refuse tout autre cadeau que celui de leurs étreintes. Le désir, le raffinement du désir ne s'éteint pas avec les années, il augmente au contraire.

Les femmes sont des impératrices chinoises. Dans l'amour, passé le temps de la fertilité, elles recherchent le plaisir, seulement le plaisir. Beaucoup s'effraieront de cet apologue. Toi, tu t'en réjouis.

LUI

Un ami médecin m'apprend que des travaux immunologiques récents confirment l'existence d'un gène dont la présence protège le vivant de nombreux dysfonctionnements et notamment d'un certain nombre de cancers. Ce gène disparaît au fur et à mesure que l'activité sexuelle diminue. La vie protège les organismes mais seulement dans la dynamique de la reproduction. Sinon, qu'importe qu'ils se désagrègent.

Voilà qui donne une base expérimentale à la connexion intuitivement devinée par tous les baiseurs et les baiseuses (taoïstes, tantriques, mystiques, systématiques…) entre sexualité, vie et mort. Ils cherchent à envoyer un leurre au gène protecteur pour être perçus comme vivants en activité.

ELLE

Maintenant que je vis ici, dans le même immeuble que toi, je dois prendre garde à ne pas empiéter sur ta liberté. Ainsi j'affirme la mienne. Seulement voilà : tu loges au second étage, moi au premier, et si aucun éclat de voix ne passe à travers les murs épais, j'entends toujours les bruits de pas de ton appartement. Même sans tendre l'oreille…

Je crains donc toujours de réveiller chez toi ce sentiment oppressant d'être épié. Quand, un jour, j'ai perçu des pas légers à une heure inhabituelle de fin d'après-midi, et que, t'ayant appelé sur ton portable, tu m'as assuré être toujours au bureau, j'ai cru que tu ne voulais pas me dire que tu étais chez toi : tu voulais être seul, tranquille, en tout cas sans moi, je comprenais, je ne te dérangerais pas. J'ai fait semblant de te croire et j'ai raccroché.

Un peu plus tard, j'ai pensé que tu étais sans doute reparti, et l'heure du dîner approchant, je suis montée voir ce qui manquait pour le soir. J'ai ouvert, l'appartement était plongé dans le noir, éclairé seulement par la lumière de la rue. La fenêtre donnant sur les arbres de la cour était grande ouverte. J'ai voulu la fermer ; je me suis rendu compte en ramassant des objets qui étaient tombés, qu'elle avait été ouverte de l'extérieur. En me relevant, j'ai été prise d'un frisson de peur qui parcourait toute ma colonne vertébrale : je venais de réaliser que les pas entendus n'étaient pas les tiens mais ceux d'un voleur entré comme un chat par cette fenêtre. Un voleur qui était sans doute encore là, tout près de moi.

Je suis repartie tout doucement, à reculons, j'ai claqué la porte et dévalé les escaliers à toute allure. Quand la police est arrivée quelques minutes plus tard, l'appartement était sens dessus dessous et le voleur, envolé.

LUI

Pourrais-je retrouver en vieillissant la noblesse humble de ma grand-mère ? En plus de son héroïsme guerrier, c'était une pâtissière hors pair. Elle m'a appris non seulement la nécessité du courage mais surtout l'odeur au réveil du strudel pommes et cannelle, du roulé aux noix ou au pavot, du majestueux kouglof qu'on enneige de sucre glace.

Personne ne sait plus aujourd'hui à quoi riment ces divines senteurs austro-hongroises. J'échange sans complexe toutes les madeleines de Proust contre les bourrasques de vie chaude qu'exhalaient ses gâteaux quand ils sortaient du four.

ELLE

Tu me confonds avec ta grand-mère. Je n'ai pas ses qualités de pâtissière, encore moins son courage.

Évidemment, si elle était encore là près de toi à te confectionner ses gâteaux, tu serais toujours son petit garçon chéri, celui qui ne vieillit pas. Qui, de nous deux, craint le plus la vieillesse ?

LUI

J'ai eu autrefois une brève passade avec une femme au bord de la vieillesse, une Italienne, ancien, très ancien mannequin, pleine de charme. J'avais moins de cinquante ans. Ça s'était, à l'époque, très bien passé. Mais je n'ai pas insisté. Je n'y suis pas revenu. On ne revient dans l'amour que vers sa jeunesse, à travers soi ou l'autre. Et quand le corps de l'autre vous indique le sens inéluctable du mouvement, on n'a pas trop envie d'y retourner, on préfère qu'il reste loin.

« *What a drag it is to be old* » comme le chantait dans *Aftermath* le jeune, très jeune Mick Jagger !

Mon père a vieilli, souffert, vieilli encore, il est mort si loin de l'éclat de son sourire de jeune homme ! Lui disparu, je me suis fait arracher nombre de dents en vue d'implants. En attendant que ça cicatrise, je vis avec un dentier provisoire. Pas terrible. On n'a plus faim quand on ne peut plus mordre, quand ça fait mal aux gencives. Je maigris.

Aujourd'hui avec le Viagra, un salaire décent, et des abdominaux, un homme peut faire illusion, sauf catastrophe, dix ans de plus.

Le Viagra, c'est notre pilule à nous les hommes. Une révolution pour vieillards. Mais c'est quand même une révolution. On a les révolutions qu'on peut.

ELLE

J'ai dit que nous ne nous perdrions pas. Je le crois. Bien sûr, il y aura encore d'autres femmes dans ta vie ; évidemment, tu as tant à faire pour te prouver à toi, et à moi aussi, que tu es vivant, désirant, riant, mais aucune femme ne nous séparera à tout jamais.

La seule qui puisse, qui va nous arracher l'un à l'autre pour toujours, c'est la mort. Nous avons récemment inauguré un nouveau jeu : imaginer qui va mourir en premier et ce que décidera l'abandonné(e). Nous n'avons pas comme mes parents de maison au fond du jardin ; il n'y a donc pas de gagnant.

Lui

Elle veut être enterrée au cimetière du Montparnasse avec Baudelaire et tout le toutim. Elle ne se mouche pas du coude.

Moi je veux être incinéré et dispersé.

Elle veut qu'on place mon urne dans son caveau. Je ne vois pas pourquoi je me donnerais le mal d'échapper à mes propres asticots, si c'est pour me retrouver en cendres coincé au milieu des siens.

Elle

Comment vivrons-nous l'un sans l'autre, dans cette absence irrémédiable ? Comment la vie sera-t-elle encore possible ? Et qui mourra en premier ? Une fois seuls, passerons-nous nos jours à attendre impatiemment la mort redoutée, comme mon père ? Ou saurons-nous jouir d'un rayon de soleil, d'une caresse de chat, d'un fruit mûr, sans le partager avec l'autre, comme ma mère isolée dans sa maladie ?

Pourrons-nous échapper à la catastrophe qui précède et annonce la fin ?

Et pourquoi s'en préoccuper aujourd'hui ? Est-ce le moyen le plus habile de retarder la lente déchéance ou au contraire celui de s'y précipiter plus vite. Faut-il si tôt apprendre à mourir ? Oui, je le crois. Montaigne dit que c'est philosopher. Soit. Apprendre à mourir, c'est apprendre par toutes les fibres émotionnelles et intellectuelles qu'on va disparaître. Accepter sa finitude, c'est nourrir son humanité.

J'aimerais, comme ces amants souvent illustres, que nous décidions de mourir ensemble, dans le moment et le lieu que nous aurons choisis. C'est la seule réponse à la mort, l'unique façon de l'accepter et de la rejeter.

Je ne suis pas sûre d'avoir ce courage ; je ne suis pas sûre non plus que tu le souhaites.

LUI

Dial, le grand-père de Sahaba, est vieux, mais il vit en Afrique : il n'a peur ni de vieillir ni de mourir. Dial est « Hormo », terme qui, dans sa langue, veut dire bienséant. Je me permets de lui faire remarquer que « bienséant » signifie « bien assis » comme le roi sur son trône, dans la position du sage où l'ennemi, d'où qu'il vienne, passe sans l'atteindre.

Dial est assis dans son lit et ne se relèvera sans doute jamais. Il s'est cassé le col du fémur. En maillot de corps blanc, immaculé, encore plus maigre que de coutume, le visage coiffé d'un doux et grand nuage blanc, il m'accueille avec une amabilité quasi enfantine.

Dans son monde, un vieillard, même aux jambes brisées, n'est pas à la traîne, comme dans le nôtre. Il est, par sa sagesse, aux avant-postes, à l'avant-garde de la vie, et tout le monde le sait et l'écoute. Je l'écoute assis au bord de son lit. Selon lui, l'homme est divin. L'intelligence doit culminer dans l'honnêteté, sinon elle devient la ruse d'un rusé qui ne trompe que lui-même.

Il me parle de Sahaba et de moi : je ne dois pas m'inquiéter, il voit bien que je suis honnête, tout va s'arranger.

Puis il conclut : « Liquide tes conflits ou ils te liquideront. » Je n'ai jamais rien entendu d'aussi juste.

Elle

J'hésite à l'écrire, mais nous sommes sans doute un couple heureux… Nous vivons un bonheur comme tous les bonheurs, nourri de rêves et de projets avortés qui semblent prouver que la réalité est insatisfaisante. Pas du tout. Les couples heureux ont des histoires et nous ne sommes jamais à court d'invention.

Lui

Ce n'est pas de jeter en pâture ma vie privée à des gens qui ne s'intéressent qu'à la tienne qui m'inquiète – je suis suffisamment exhibitionniste pour m'en accommoder – mais le regard de Clémentine sur ce portait photographique accroché dans sa chambre, que j'ai fait d'elle quand elle avait cinq ans. Je me dois – je ne dirai pas d'affronter car il n'y a en lui nulle hostilité dans ses yeux – mais de méditer son regard, posé dans le mien, calme, doucement interrogatif, qui me dit : Alors, on fait quoi maintenant ?

Je ne sais ni quand, ni comment, ni dans quel état, mais je mourrai en père, non plus à reculons, mais en avançant, vers elle et avec elle, vers sa liberté.

Elle

Un soir, nous allons à l'Opéra écouter *Cosi fan tutte*. L'amour se moque de qui le provoque et les rôles s'échangent sans douleur dans l'accomplissement de la musique. Gravité et légèreté. Le meilleur de l'amour est chanté là.

Elle et lui

Ce que nous avons fait n'est pas si ordinaire. Dans ce livre, une femme et un homme se parlent librement. C'est vrai, il a été écrit à la hâte, mais sans cette presse, nous n'aurions pas osé. Absence de recul, c'est aussi absence de calcul. Le temps nous a manqué pour prendre la pose et c'est tant mieux.

C'est l'heure de finir, d'être, par ce que nous avons écrit, poussés dehors.

Nous n'avons plus l'âge de nous exposer dans n'importe quelle tenue. Pourtant, comme l'Adam et Ève de Masaccio après la sentence, nous voilà jetés, nus, effarés, visibles, dans le monde.

Paris, décembre 2009.

Vifs remerciements à Jacques Vauchelle pour ses conseils graphiques.

TABLE

Composition et mise en page

NORD COMPO
multimédia

Cet ouvrage a été imprimé
en janvier 2010 par

FIRMIN-DIDOT

27650 Mesnil-sur-l'Estrée
N° d'impression : 98270
N° d'édition : L.01ELKN000274.N001
Dépôt légal : février 2010

Imprimé en France